KB139218

벌써 다 온 건 아니겠죠?

AM I THERE YET?

The Loop-de-Loop ZigZagging Journey To Adulthood

NEW HAIRCUT?
SOULMATES
FRIENDS
PURPOSE
LOVE AFFAIRS
DATING DISASTERS
ADVENTURE
CAREER

HOPE

By MARI ANDREW

우리말 김태우
문학박사
국민대학교 영어영문학부 교수

손글씨 김영실
이화여자대학교 중어중문학
뉴욕 FIT(Fashion Institute of Technology) 패션디자인
캘리그래퍼

●

벌써 다 온 건 아니겠죠?

초판1쇄 2023년 11월 29일

발행	김영준	펴낸곳	오트AUGHT
주간	송상훈	등록번호	제2020-000065호 (2020.9.18)
우리말	김태우	주소	서울 성북구 성북로 91, 지층 (우-02880)
손글씨	김영실	전화	070-8882-1004
디자인	김정환	팩스	02-765-7591
편집	박서진	이메일	aughtpress@gmail.com
제작	최성식		
인쇄·제본	천광인쇄사·비츰바인텍	ISBN	979-11-972327-9-4 (03840)

Am I there yet?

엄마에게

손주가 아니라서 미안

CONTENTS

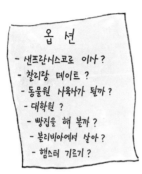

여행의 시작

어른이 되는 여행을 떠날 때, 우리는 부모님이 쓰시던 오래된 가이드북을 참고하곤 합니다. 그러면서 부모님이 거쳐 간 기념비적인 사건들을 똑같이 겪기도 하죠. 주변에서 찾을 수 있는 지도가 그것뿐이거나 부모님도 그 가이드북 덕분에 어른이 된 듯 보이니까요. 부모님의 지도에는 이미 길이 정해져 있습니다. 나이에 맞게 그때그때 이뤄야 할 일과 반드시 멈춰야 할 곳이 표시되어 있습니다. 그 지도 속 길은 탄탄하고 안전하죠.

그런데 참고할 지도가 없다면요? 잘 짜인 길이 나랑 맞지 않으면요? 그때는 다른 길을 선택해야 합니다. 스스로 길을 닦아 나아가야죠. 그 길로 가다 보면 출입 금지 표시판이 붙은 공장 지대를 가로지르거나 주택가를 이리저리 헤집고 다녀야 할지 모릅니다. 평화로운 공원에서 햇볕을 쬐거나 험하고 가파른 산을 올라야 할 수도 있고요. 그렇게 한참을 걷다 보면 나의 길이 너무 길고 구불구불하게 느껴지기도 합니다. 자칫 멀리 돌아가는 길로 들어서서 여행이 더 길어지거나 친구들보다 뒤처질 때도 있죠. 다들 노을을 바라보며 칵테일을 즐기는 동안 '난 지금 제대로 가고 있는 걸까?' 하는 의심이 들어 불안하기도 합니다. 그 과정은 흥미롭지만(부모님은 그렇게 말씀하시겠죠), 그다지 아름답지 않을 때도 많습니다.

everyone_else: Loving life!
#Blessed

어른이 되는 과정에서 같은 길을 빙빙 돌거나, 지그재그로 가거나, 중간에 멈추거나, 멀리 돌아갈 때가 많았습니다. 제 지도는 잔뜩 엉킨 실타래 같았죠. 시커먼 숲속 깊이 들어가서 영영 길을 못 찾을까 걱정도 했습니다. 더 나쁘게는 결국 아무 데도 이르지 못 할 것 같아 덜컥 겁이 나기도 했습니다.

하지만 돌이켜보면 제자리를 맴돌고, 지그재그로 가고, 중간에 멈추거나 돌아가도, 길을 잃은 적은 없었습니다. 오히려 그 덕분에 앞으로 나아갈 수 있었죠. 스물여덟 살에 일러스트 작가가 되면서 꼬였던 길이 반듯하게 펴지기 시작했습니다. 공책 여백에 낙서를 하고, 손글씨를 쓰면서 항상 행복했습니다. 그런데 20대 후반, 행복은 현실로 다가왔습니다. 아빠의 죽음과 남자친구와의 이별을 동시에 겪으며 깊은 슬픔에 빠졌죠. 하지만 삶의 기쁨은 제 마음에 달려있더군요. 그것은 일상에서 시작됐습니다. 저만의 '행복 달력'을 만들고 1년 동안 일러스트를 매일 1개씩 그렸

습니다. 비싸지 않은 미술용품을 사고, 책임감을 느끼기 위해 인스타그램 계정도 만들었습니다. 그리고 일상을 보여주는 그림을 올렸습니다. 온라인 연애, 새로운 직장, 이별, 친구들과 함께한 식사의 뒷이야기 등등. 매일 저녁 저의 하루를 펜과 수채물감으로 그리며 몇 달을 보냈습니다. 어느덧 모르는 사람들이 제 일상을 들여다보기 시작했고, 제 그림에 '공감한다'는 사람이 많아졌습니다. 삶이란 우리 생각보다 훨씬 '덜' 외로운 것이더군요.

울퉁불퉁하던 길이 갑자기 그럴듯한 지도로 변했습니다. 출발점은 시카고였죠. 대학에 다녔고, 저와 맞는 진로를 찾기 위해 열심히 뛰어 다녔습니다. 20대 중반에는 워싱턴 DC로 옮겨서 좋아하는 일을 찾았습니다. 몇 차례의 연애 실패로 슬픔과 실망에 휩싸이기도 했지요. 몇 년간 베를린, 리스본, 리우데자네이루, 그라나다 등지를 여행했습니다. 낯선 곳을 돌아다니면서 얻은 교훈은 생각지도 못한 방향으로 나아가는 양분이 됐죠. 이 모든 배움, 혼란, 도전을 그림으로 옮기다 보니 세계 어디서나 많은 사람들이 저처럼 얽히고 꼬인 길을 걷고 있다는 생각이 들더군요.

어른으로 가는 생생한 길 위에서 적은 짧막한 메모들이 모여 한 권의 책이 되었습니다. 그 메모에는 사랑과 우정, 안식처, 진로, 상심, 자아 발견의 과정에서 영감을 받은 일러스트가 함께합니다. 그렇다고 제 이야기가 독자 여러분을 A에서 B로 곧장 데려다주지는 않습니다. 성장하면서 겪은 다양한 경험과 교훈이 담긴 제 지도를 여러분과 나누고자 할 뿐이죠.

이 책은 꿈꾸는 직업을 얻거나 침대 시트를 깔끔하게 접는 방법(이건 불가능해요)을 알려 주는 실용서가 아닙니다. 어른으로 가는 여정이 담긴 스크랩북이죠. 곧게 뻗지 않은 길을 가느라 힘들어하는 독자가 있다면, 이 책이 위안이 되기를 바랍니다. 저의 20대는 다른 사람들의 이야기가 빛이 되어 주었거든요. "나도 그래"라는 공감이 제 앞에 놓인 미지의 길을 환하게 밝혀 주었고, 두려움을 줄여 주었죠. "나도 그래", 이 마음이 독자 여러분의 길도 따스하게 밝혀 주기를 소망합니다.

CHaPTeR 1

확실하지 않아도 괜찮아

지금은 이렇게 보이지만

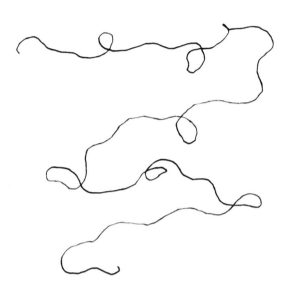

지나고 나서 보면 이렇게 보일걸?

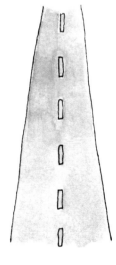

20대의 걱정거리

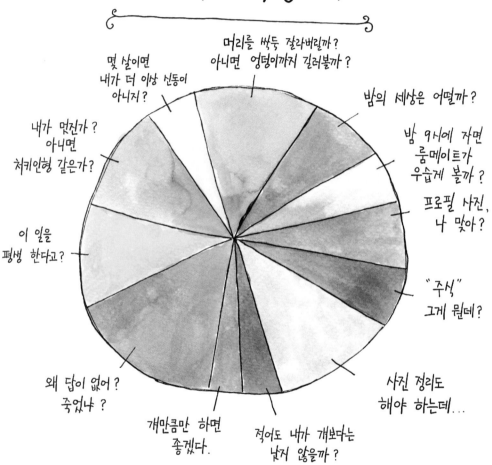

머리를 빡둑 잘라버릴까?
아니면 엉덩이까지 길러볼까?

밤의 세상은 어떨까?

몇 살이면
내가 더 이상 신동이
아니지?

밤 9시에 자면
룸메이트가
우습게 볼까?

내가 멋진가?
아니면
처키인형 같은가?

프로필 사진,
나 맞아?

이 일을
평생 한다고?

"주식"
그게 뭔데?

왜 답이 없어?
죽었냐?

사진 정리도
해야 하는데...

개만큼만 하면
좋겠다.

적어도 내가 개보다는
낮지 않을까?

삶을 밝히는 빛

밀음을
주는 사람들

인생
선배들의
조언

귀에 쏙쏙
박히는
노래가사

나와 안 맞는
사람과 인연 끊기

옛날 일기장 속
내 모습에 안도하기

모르는 사람이
건넨 응원

나의 계절

스물넷, 숨 막힐 듯 답답한 시카고의 어느 로펌에서 일했다.
20대 초반부터 여러 직장을 다녀 봤지만, 그곳에서는 한계가 더 빨리 찾아왔다.
고작 몇 주 일했을 뿐인데 하루하루가 덧없고 끝나지 않을 것만 같았다.
인생을 로펌에 팔아넘기고 악마와 계약을 맺은 기분이었다.
친구는 공감과 짜증을 넘어 이렇게 말했다. "그 일이 인생의 전부는 아니야.
하나의 계절일 뿐이지. 몇 년만 지나면 이렇게 얘기할걸?
로펌에서 일하던 때 기억나? 곧 떠렸잖아!"

친구 말이 맞았다. 한 계절처럼 지나가 버린 시간이었다. 예상보다는 훨씬 큰 의미로 남은, 스물네 살의 짧지만 굵었던 어느 계절이었다(자꾸 이력서에 그 경력을 빼먹네).

그때는 몰랐다. 남은 평생 그 계절만 있을 것 같았다. 살면서 겪는 대부분의 계절이 그렇지만 그 계절에 익숙해질 만하면 상황은 곧 변하기 마련이다. 겨울에서 봄으로의 변화는 느리지만 드라마틱하다. 옷차림이 바뀌고 심장박동도 달라진다. 가을에서 겨울로의 변화는 순식간이다. 추수감사절 축제를 즐기다 보니 어느새 크리스마스 캐럴이 들려오는 것과 같다. 여름의 끝자락은 훨씬 천천히 다가온다. 모두에게 소중한 시기이다.

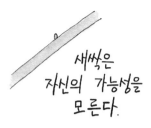

새싹은
자신의 가능성을
모른다.

나뭇잎은 자기
혼자 큰 줄 안다.

나뭇잎은 여름이
영원할 줄 안다.

근사한 새 옷 같지만,
그게 인생의
마지막 옷이다.

열 살에 머물러 있는 마음 한구석에 품은 부드러운 솜뭉치 같은 계절이다. 방금 깎은 연필 냄새와 계피 향이 난다.

가을은 슬픈 계절이다. 아름다운 마법의 계절 같고 어울리는 드레스코드도 있지만, 상실의 계절이기도 하다. 저물어가는 여름이 슬프지 않은 사람도 가을에는 아픔을 느낀다. 앙상해진 나뭇가지 사이로 내린 비가 곧 쓰레기봉투로 들어갈 불그죽죽한 낙엽들 위로 떨어지는 모습을 보라.

20대가 시작되자 한 인생 선배가 말했다. "모험을 떠날 때가 됐네." 갓 스물이 된 내 앞에는 한계에 부딪혀가며 성장할 10년의 세월이 기다리고 있었다. "휘청거렸다면 좋은 징조야. 한계를 알게 됐다는 뜻이거든. 안 되는 일에 애를 썼고, 결국 그 사실을 깨달은 거지."

선배의 통찰력있는 조언은 내 삶의 지침이 됐다. 자신이 없는 일에 도전했고, 덕분에 내 관심사와 능력치를 깨달았다. 나와는 안 맞을 것 같은 사람들과도 데이트했고, 그중 몇 명은 지금도 친하게 지낸다. 내 취향과 맞지 않는 여러 도시를 옮겨 다니다가 마침내 워싱턴 DC에서 내 집처럼 느껴지는 곳을 찾았다.

안정적으로 살고 싶었고, 상황을 제대로 이해하고 싶었다. 시행착오는 그만 겪고 이미 얻은 교훈의 열매를 거둘 생각에 급급했다. 삶은 여러 계절이 모여 만들어진다는 말은 이런 불안함을 극복하는 데 도움이 됐다. 인생은 단계별로 이루어지는 게 아니었다. 그맘때는 다들 마음속으로 체크리스트를 써 내려간다. '어른이 되면 해야할 일'과 '내가 해낸 일'을 정리한 성적표처럼.

허송세월처럼 느껴지는 때가 많았다. 무거운 마음으로 헤맬 때도 많았다. 언제, 어떤 일이 벌어질지 모르는 채로 행복한 계절이 끝났다고 슬퍼하면서 시간을 보냈다. 이제 보니 그때가 상실의 계절이었다. 나만의 가을이자 나에게 가장 중요한 계절이었다. 로펌 근무는 내 인생의 가을이었다.

인생의 계절은 지구의 계절과 닮았다. 경작의 시기와 수확의 시기가 있다. 가을은 상실의 계절이지만, 우리가 잃어버리는 게 무엇인지 여실히 보여 준다. 그래서 그토록 우울하면서도 달콤하다. 여름이 저 멀리 미끄러져 가면서 새로운 세상이 시작된다. 추위가 온기를 슬슬 집어삼킨다. 마침내 오후 5시가 되면 밤이 오후를 꿀꺽 먹어 치우는 겨울의 승리가 눈 앞에 펼쳐진다.

갈수록 추워지는 상실의 계절은 견디기 쉽지 않다. 머리로는 언젠가 끝나리라는 것을 알지만, 힘든 건 어쩔 수 없다. 어느 성공한 아티스트의 인터뷰가 생각난다. 창조적인 작품 세계로 성공의 정점을 누리고 있을 때, 그는 누구보다 가까웠던 아버지를 잃었다. 아버지에 대한 감사의 마음과 아버지를 잃은 감당하기 힘든 슬픔. 그 두 개의 감정이 팽팽하게 맞선 채로 몇 년을 보냈다고 한다.

아버지를 잃은 슬픔이 어땠냐는 질문에 그는 카지노에서 계산원이 사라진 것 같았다고 했다. 자신에게 일어나는 모든 일, 그러니까 행복하거나, 힘들거나, 평범한 일이 카지노 칩이라면, 아버지는 칩 하나하나의 가치를 매겨 주는 카지노의 계산원이었다. 그렇게 아버지는 아들의 삶을 순간순간 의미 있게 만들었다.

아버지가 돌아가신 후, 쓸모없는 칩 더미 위에 앉아 있는 기분이었다고 한다. 무언가를 잡으려고 하지만 손가락 사이로 계속 빠져나가는 듯한 상실감에 괴로웠다고. 그 상실감을 안고 사는 것이 얼마나 힘든지 나도 안다. 우리 아빠는 2015년에 돌아가셨다.

무감각해지지 않으려면 애를 써야 한다. 다음 계절로 빨리 넘어가기를 바라는 마음을 다잡는 데도 엄청난 자제력이 필요하다. 상실감에 빠진 다른 사람을 보면 더 힘들어진다. 당장 도움을 줘야 할 것 같기 때문이다. "괜찮아질 거야", "긍정적으로 생각해 봐", "모든 일에는 이유가 있어"라고 말하기는 오히려 쉽다. "얼마나 힘드니?", "정말 안타깝다"라는 말을 건네기가 더 어렵다.

계절이 계속 돌아오듯, 삶에도 결승점은 없다. 한겨울에 여름 원피스를 입는다고 겨울이 빨리 지나가지 않는다. 춥지 않은 척해도 소용없다. 차라리 눈 내리는 고요함을 즐기는 편이 낫다. 지독하게 겨울을 싫어하는 사람도 추운 아침에 마시는 뜨거운 커피 한 잔의 황홀함을 안다. 그리고 반드시 돌아올 여름이 있기에 그 겨울 아침이 더 아늑하게 다가온다.

9월, 지금 나는 '진짜 가을'과 '인생의 가을'이라는 두 가지 상실의 계절 속에 있다. 달력을 보며 삶을 이해해 보려고 하지만 쉽지 않은 일이다. 가을은 한 계절에 지나지 않지만 그 안에 어마어마한 아름다움이 담겨 있다.

내게 맞는 것 찾기 vs. 내 것 만들어가기

 실험적인 헤어스타일 도전

 가장 예쁜 스타일로 꾸미기

 ← 사용법 숙지

집 찾아 삼만리

내 집으로 만들기

유행 따라 입기

내 멋대로 입기

강렬 / 발랄 / 재미 / 귀여움
우아 / 기분 따라 맞춰 입기

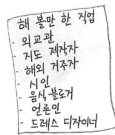

해 볼만 한 직업
- 외교관
- 지도 제작자
- 해외 거주자
- 시인
- 음식 블로거
- 언론인
- 드레스 디자이너

하고 싶은 것과
할 수 있는 것
노트에 적어 보기

일단 뛰어들어
최선을 다하기

20대에 할 수 있는 일

바리스타

직장동료 : 탈색한 머리, 피어싱한 코
음악은 무조건 크게 틀어야
맛이라는 친구
패션 포인트 : 꽃무늬 앞치마
습득 기술 : 고객 옷차림만 보고도
주문 예상하기

바텐더

직장동료 : "술맛도 모르는 것들이..."
패션 포인트 : 실용적인 신발
습득 기술 : 균형감각

해외 영어강사

직장동료 : 혼자서도 외국어 연습을 쉬지 말라는
성실한 이상주의자

패션 포인트 : 동네 부티크에서 산 스카프를 머리에 두른다
습득 기술 : 숙취로 힘들어도 티 안 내기

수당제 판매원

직장동료 : 20년 경력의 베테랑 판매원
패션 포인트 : " 무엇이든 도와드립니다."
　　　　　　　 라고 적힌 명찰
습득 기술 : 아파도 미소 짓기

사무직 신입

직장 동료 : 45세 처럼 보이는
　　　　　　 24세 직원
패션 포인트 : 살짝 예뻐 보이는
　　　　　　　 투피스 정장
습득 기술 : 상사가 지나갈 때
　　　　　　 인터넷 창 닫기

꿈꾸던 직업

직장 동료 : 일 잘하는 사람
패션 포인트 : 입사 기념으로 산 장신구
습득 기술 : 끈기

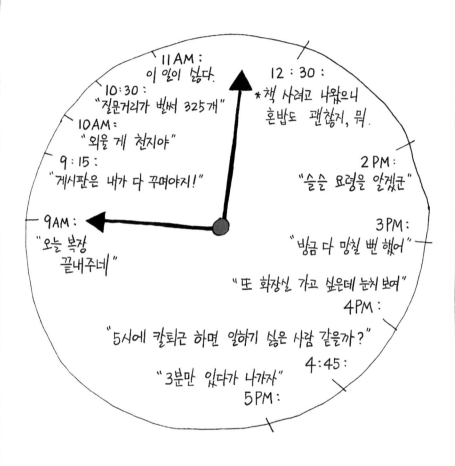

새 직장 출근 첫날

옵션

어느 여름, 데이트를 위해 샌프란시스코로 날아갔다.
뜨거운 워싱턴 DC를 뒤로한 채 네브라스카주 상공 어딘가를 날아가는
비행기 빈 좌석에 누워 낮잠을 졸겼다. 최종 목적지는 샌프란시스코에 있는
돌로레스 성당 앞. 약속 시간은 저녁 7시였다.

여행 내내 꿈을 꾸듯 다른 세계에 있는 기분이었다. 서늘한 공기만이 현실을 일깨워 줬다. 남아메리카 도시들을 '영원한 봄의 땅'으로 부르듯 나는 샌프란시스코를 '영원한 가을의 땅'이라고 부른다. 시원한 여름밤, 녹색 스키니진에 가죽 부츠를 신고 샌프란시스코에 도착했다.

그곳에서는 평소와 전혀 다르게 살았다. 일례로 등산을 했다. 나에게 등산은 보통 일이 아니다. 보온 물통 하나 가득 담긴 커피와 얼굴만 한 베이글은 물론, 디저트까지 준비해야 한다. 어쨌든 등산을 갔고, 덕분에 등산의 매력을 알게 됐다. 이른 아침부터 꾸불꾸불 이어지는 타말파이스산(Mt Tamalpais)의 숲길을 오르기 시작한다. 정상에 다다르는 순간 안개가 걷히면서 산 아래로 바다가 나타난다. 처음에는 그게 물이라는 것도 몰랐다. 햇빛이 안개를 뚫고 파도에 닿으면 단단한 코발트색 돌판 같은 바다가 펼쳐진다. 데이트 상대는 그렇게 힘들게 올라갈 만큼 멋진 풍경이냐고 물었고, 난 그렇다고 답했다. 정말 그랬다.

샌프란시스코에서 시원하고 행복한 8월을 보내면서 마치 타인의 삶을 구경하는 듯했다. 그러다 내 안에 여러 생각이 차오르면서 충만함을 느낀 순간이 있었다. 브런치를 먹고 잠시 졸다 일어나서 창가에 서 있을 때였다. 창밖 풍경을 꽤 오랫동안 바라봤다. 지붕과 야자수들을 지나 내가 볼 수 있는 가장 먼 곳, 노을에 물들기 시작한 하늘에 시선이 닿았다. 그때 워싱턴 DC에 사는 삶과 샌프란시스코에서 살았을지 모르는 삶. 그 두 개의 다른 우주가 충돌했다.

CHiCAGO, ILLiNOiS
내가 해 본 일

영악한 4살짜리
아이들에게 체조를 가르침

호수 빼고는 다 멀었던
핑크빛 원룸에 거주

초콜릿 크루아상과
아일랜드 시인인
직장 동료를 사랑하게 됨

새벽 4시에
일어나 공사장
노동자들이 마실
커피 준비

연인을 만나러 갈 때 짐 꾸리기

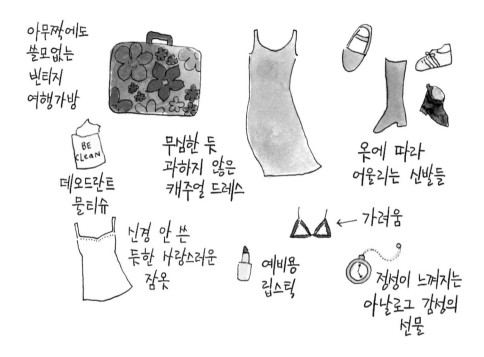

아무짝에도 쓸모없는 빈티지 여행가방

BE CLEAN

데오드란트 물티슈

무심한 듯 과하지 않은 캐주얼 드레스

옷에 따라 어울리는 신발들

신경 안 쓴 듯한 사랑스러운 잠옷

예비용 립스틱

← 가려움

정성이 느껴지는 아날로그 감성의 선물

사실 예전부터 샌프란시스코로 이사할까 고민했다. 생각만 했을 뿐, 실행에 옮기지는 않았다. '여행중에 운명을 개척할 수도 있잖아.' 선택할 때가 온 것 같았다. 이사할 명분도 있었고, 현실적인 이유도 있었다. 물론 명분도 안 되고 현실적이지 않은 이유도 있었다.

근처 식당에서 브리토를 굽는 냄새가 보드라운 바람에 실려 창문으로 들어왔다. 그 순간 갈림길에 섰다. 주민으로 남을 것이냐, 잠시 머무는 여행자가 될 것이냐. 서늘한 아침과 황금빛 오후가 있는 파라다이스를 나의 여름으로 선택할 수도 있었고, 현실 속 대안으로 남겨둘 수도 있었다. 결국 샌프란시스코가 아니라 워싱턴 DC를 택했다. 경제적인 문제를 우선순위로 둔 결정이었지만, 찬성과 반대 목록을 적을 때 어떤 두려움이 스며들었을지도 모른다. 당시에는 원하는 직업과 안정을 최우선으로 고려했다. 의료보험이 되는 신입직원 자리 대신 달콤한 바람을 선택한다면 재미만 좇는 철없는 아이 같다고 생각했다.

대학 졸업 후 직장을 찾아 워싱턴으로 이사했을 때도 많은 대안을 포기했다. 포기한 삶에 미련은 없지만, 가끔 떠오르는 것까지 막을 수는 없다. 언젠가는 그 대안들을 꼼꼼하게 되짚어 보고 싶다. 그런 다음 다시 현실로 돌아와 불완전해도 빛나는 내 삶을 맘껏 즐기리라.

동부 해안의 여름으로 돌아왔는데도 아침에 약간 쌀쌀해서 기뻤다. 하지만 이내 그 시원한 바람은 에어컨 덕분이고, 여기서 여름에 스웨터를 입을 일은 없으리라는 것을 깨달았다. 아침 8시인데 벌써 달궈진 도시를 걸어서 출근해야 했다. 당연히 출근길에 대한 마음의 준비가 필요했다. 여름의 폭우와 습도에 익숙해질 날은 영영 오지 않을 듯했고, 반딧불이는 여전히 환영처럼 느껴졌다. 워싱턴 DC의 사계절은 평범하지만, 여름만은 길들지 않는 낯선 괴물이었다. 여름이면 언제나 크고 작은 충격에 빠졌다.

오늘 같은 날에는 선택할 뻔했던 '또 다른 삶'을 상상한다. 얌전한 집고양이를 닮은 샌프란시스코의 여름은 오후에 낮잠을 자고 밤에 일찍 잠들 수 있는 계절이다. 왠지 모르게 울적해지는 9월 중순까지 좀처럼 수그러들지 않고 날뛰는 짐승 같은 동부의 여름과는 차원이 다르다.

샌프란시스코에 사는 나는 어떤 모습일까? 아마도 등산은 습관이 되고 날씬한 근육질 몸매를 가졌겠지(물론 최상의 시나리오다). 외로움에 허우적댈 수도 있고 난생처음 느끼는 행복에 취해 있을 수도 있다. 백수가 됐거나, 싫은 일을 억지로 하거나, 꿈에 그리던 직장을 다닐 수도 있다. 야자수가 보이는 창문 옆에 앉아 위스키를 홀짝이며 아랫집에서 연주하는 기타 소리에 귀 기울이고 있을까? 가능성은 적지만, 동부 해안의 열기와 격렬했던 밤의 폭풍우를 그리워할 수도.

소금기 밴 저녁 바람에 살사 춤을 추는 야자수 잎을 바라보던 그때는 이 모든 가능성이 생생하게 다가왔다.

캘리포니아에 사는 친구는 농담처럼 "중서부 사람들은 겨울을 피할 수 있다는 사실을 몰라서 거기 산다"고 말했다. 하지만 나에게는 여름이 그랬다. 일 년 내내 무덥지 않고 상쾌한 바람이 부는 곳에 살 수 있었지만, 그 기회를 잡지 않았다. 선택의 맹점은 선택하지 않은 경우를 알 수 없다는 것이다. 습한 워싱턴의 현실에 지친 나는 샌프란시스코에 있었다면 어땠을지 상상만 할 뿐이다.

하지만 워싱턴의 여름을 선택하면서 남은 계절의 옵션도 덤으로 얻었다. 가을의 단풍과 겨울의 눈, 새 친구들, 열정을 깨우는 직업, 사랑하는 동부 해안 여행, 춤추며 보내는 밤. 나는 앞으로도 이 여름을 선택할 것이다.

또 다른 내가 있다면

로드아일랜드에서
댄스 강사

샌프란시스코에서
채식하는
요가 강사

세 번째 남자 친구와
결혼해서 시카고
교외에서 살기

몬트리올에 사는
"디자이너"

뉴욕에 사는
패션 작가

변호사
(진지하게 고민했음)

할까, 말까?

하자	하지 말자
- 고등학교 동창회에서 폼 나겠지	- 모르는 사람을 잔뜩 만나야 하겠지
- SNS에 올리면 좋겠군	- 이해를 못 하는 사람들에게 이 결정을 설명해야 해
- 아빠가 서운해 하겠어	- 엄마가 서운해 하겠어
- 새 옷을 살 수 있겠네	- 옷을 새로 사야 하잖아
- 신나잖아	- 두려워

CHAPTER 2
내 집 만들기

새로운 도시에서 살기

세상아!
뭐든 던져 봐!
난, 준비가 되어 있어.

철퍽!

여기서 산 채로
잡아먹히겠어!

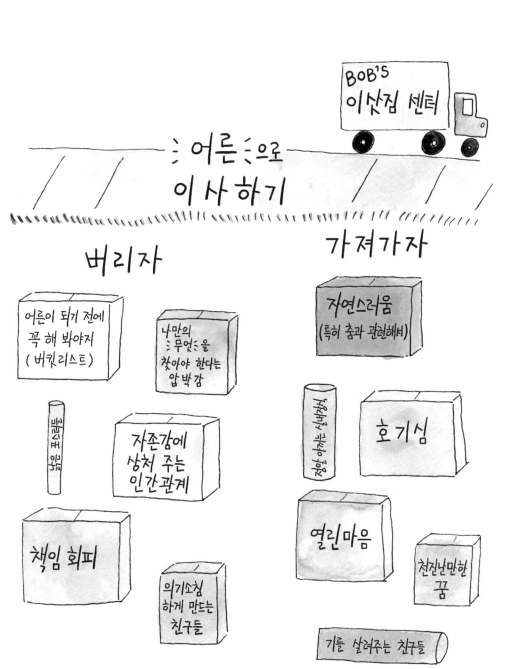

어른으로
이사하기

BOB'S 이삿짐 센터

버리자

어른이 되기 전에
꼭 해 봐야지
(버킷리스트)

나만의
무엇을
찾아야 한다는
압박감

완벽주의

자존감에
상처 주는
인간관계

책임 회피

의기소침
하게 만드는
친구들

가져가자

자연스러움
(특히 춤과 관련해서)

창의력이 넘치는 엉뚱함

호기심

열린 마음

천진난만한
꿈

기를 살려주는 친구들

새로운 도시에서 약해지는 순간

택시를 세웠는데
그냥 휙 지나갈 때,
머리를 긁는 척한다

쓰고 있어요!

아파트 구하며
계약서에 수입을
적어야 할 때

지하철 노선도를
남몰래 흘끗거릴 때

날 좋아해 줘!

남사친과 썸 탈 때

어제 고양이 카페에 갔어!

대학생들만 잔뜩 있었지?

어쩌다 구린 경험을
털어 놓았을 때

8 번가
32 번지?
32 번가
8 번지?

주소를 틀리고 태연히
척해야 할 때

혼자 살기

마음 내키는
대로 꾸민다

최대 볼륨으로
팝 캐스트를
듣는다

냄새 신경 안 쓰고
먹고 싶은 음식을 만든다

장날이를
따라 산다

생명체를 오롯이
책임진다

원피스 지퍼를
올리는 기발한
방법을 찾는다

옷장을
혼자
다 쓴다

옷을 바닥에
던져 놓는다

PHOTOS

지난
이야기

마음대로 골라
신는다

나의 집

도시란 작은 동네들이 지상과 지하로 달리는 열차로 연결된 곳이다.
워싱턴 북서부에 있는 마운트 플레전트 (MOUNT PLEASANT)는
워싱턴 안에서도 작은 마을이다. 이름부터 아기자기한 그곳에는
작은 마을에 있음 직한 광장이 있고, 작은 마을에 살 법한 사람들이 산다.
자, 지금부터 그 도시를 배경으로 한 드라마에 출연할 법한
인상적인 인물들을 소개한다.

아보카도 마법사

모던한 점쟁이다. 자신의 영역에서 일어나는
아주 미묘한 변화를 감지할 수 있다.
외국 식료품 가게 계산대 뒤에서 조심스레
아보카도 더미를 지키다가 아보카도가 언제,
몇 개나 필요한지만 묻는다.
콕 집어 저녁 6시 27분이라고 말해도 된다.
마법사는 식사 시간에 딱 맞춰 초록색 버터처럼
제대로 익을 아보카도를 골라준다.

라디오 자전거 유령

본 적은 없지만 분명히 존재한다.
구형 라디오 카세트를 자전거 뒷바퀴 짐받이에
끈으로 묶고 길거리를 돌아다닌다. 카세트에서는
거의, 언제나 마이클 잭슨의 노래가 나온다.
유령이 의도한 바는 아닐 테지만, 출근할 때나
혼자 저녁을 먹을 때 그 음악을 들으면
나는 동네가 더 편하게 느껴진다.

투덜이 빵집아저씨

툴툴이 아저씨, 대체 누구 짓이죠? 때 이른
주름살과 칼칼한 목소리는 누구 탓인가요?
앞치마를 불태워 버리고 진짜로 원하는 다른
직업에 몸과 마음을 바칠 준비 중인가요?
어쨌든 우리는 매일 아침 머그잔을 앞에 두고
아저씨 빵집 테이블에 앉아 있고 싶어요. 마음에
안 드는 현실과 사라진 꿈을 공책에 끄적이면서요.
아저씨의 베이글이 선사하는 마법 같은 힘 덕분에
우리의 아픔은 상당 부분 치유된답니다.

브로콜리 음유시인

전혀 모르는 사람과는 아주 쉽게 사랑에 빠질
수 있다. 이름은 세바스찬이 아닐까? 세바스찬은
파리에서 집시 재즈 공연을 하다 낡은 더블
베이스 기타 하나만 달랑 메고 기차에 올라탔다.
히치하이킹으로 도착한 멤피스(Memphis)에서
위스키로 몸을 덥히며 밤을 보냈고,
포틀랜드(Potland)에서는 마음이 내키는 대로 걸었다.
그리고 이 흥미진진한 여행기를 작은 일기장에
프랑스어와 영어를 섞어 휘갈겨 썼다.
지금은 몬트리올행 비행기 삯을 벌기 위해 잠시 이곳
채소 가게에서 브로콜리를 팔고 있다. 비행깃값이
다 모이면 몬트리올로 날아가 첫 재즈 앨범을 녹음할
계획이다. 단, 세바스찬은 이런 내용을 전혀 모른다.

공원의 10대들

워싱턴 DC를 향한 똑같은 불평을 수없이 들었다
"워싱턴에는 문화도 없고 스타일도 없어.
다들 일에만 매달리거든!" 그러면 난 평일 오후
늦게 공원에 가 보라고 한다. 막 수업을 마치고 나온
학생들이 화려한 백팩을 메고 반짝이는 파란색
자전거를 탄다. 스케이트보드를 타고,
기타를 치거나 춤을 추면서 휴대폰으로 영상을
찍기도 한다. 학생들은 훗날 아티스트, 교사,
변호사, 디자이너가 되고 싶지만 직업 얘기로
수다를 꽃피우지 않는다. 로커보어(Locavore:
지역의 제철 음식을 소비하는 활동)같은 단어를
쓰지 않으면서도 지역 상권을 활성화하는 중이다.
그들의 문화는 이층투어버스에서는 볼 수 없지만,
누가 뭐래도 워싱턴 DC만의 문화이다.

젊은 아가씨, 어어어이!
밖이 아아주 추워요.
그래도 내일은 해가
쨰앵쨍하고 따뜻할
거예요! 옷을 잘
맞춰 입어요.
오늘은 추우워요!
좋으습니다.
건강 잘 챙겨요!
자, 가던 길 가요.
아가씨, 잘 가요!
또 봅니다!

MR. EDDiE

아파트 로비에서 우편물을 확인하다가
종종 에디 아저씨를 만난다.
아저씨는 모자를 까딱하며 인사를
건넨다. 그리고 농담 한마디
던지고 지나간다. 그러면 나는 미소를
짓고 잠시 그 자리에 머문다.
에디 아저씨는 마운트 플레전트의
등장인물 중에서도 존재감이 으뜸이다.
아저씨의 존재 자체가 날마다 만나는
기적과도 같다.

인생의 매 순간을 우아하게 맞이하는 그는 클래식한 예절을 중요시한다. 하루도 빠짐없이 조끼까지 갖춘 정장을 차려입고, 교회에 갈 때나 어울리는 모자를 쓴다. 게다가 마호가니 지팡이도 들고 다닌다. 어딘가에서 야간 근무를 하는데 오후가 되면 반짝이는 흰색 정장 구두를 신고 동네를 걷는다. 누군가 마주치면 모자를 살짝 들어 인사를 건넨다. 그리고 일기예보를 전해준다. 그럴 땐 옛날 라디오 아나운서나 남부지방의 선교사처럼 말한다. 자음은 길게 끌고 모음은 세게 발음하는 식이다. 항상 이렇게 반갑게 인사한다.

"Little Sis! Heyyyyy. Tomorrow it's going to be alllllll sunshine."

어느 금요일 아침, 아래층에서 비명이 들렸다. 소리는 점점 커지다가 초등학교 수업 종소리 같은 화재경보음으로 이어졌다. "건물 밖으로 나가요!" 한 남자가 소리쳤고, "불이야!" 외침이 사방에서 터져 나왔다.

어떻게 침대에서 나와 코트만 걸치고 비상계단을 뛰어 내려왔는지 모르겠다. 하지만 창문이 검은 연기를 토해내던 모습은 생생히 기억난다. 기침이 나오고 숨쉬기가 힘들었다. 화재로 인한 연기가 얼마나 무서운지 그때 처음 알았다. 플라스틱과 페인트, 각종 금속이 불타면서 생기는 치명적인 연기였다. 건물은 순식간에 유독가스 구름으로 뒤덮였다.

아파트 건너편 델리에서 이웃들을 만났다. 각자 어떻게 탈출했는지 이야기 나누는데 한 노인이 당황한 얼굴로 대화에 끼어들었다. "방해해서 미안하지만 내 친구 에디가 저 건물에 삽니다. 그 친구가 잘 걷지 못하는데 혹시 에디를 보셨나요? 그 친구는 괜찮나요?"

모두 가슴이 철렁 내려앉았다. 아무도 에디를 보지 못했고, 심지어 그가 안 보인다는 사실조차 몰랐다. 곧장 소방관에게 달려가 207호에 사는 지팡이 아저씨 소식을 물어봤지만, 역시 모른다는 대답뿐이었다. 소방관들도 우리만큼이나 경황이 없었다. 그들은 생존자 확인을 위해 30분마다 델리에 왔다가 다시 시커먼 연기 속으로 들어갔다. 우리한테 올 때마다 새로운 소식을 전했다. 어느 집 주인이 양손에 화상을 입었다, 개 한 마리는 아직 찾지 못했다, 방 하나가 조금 전에 붕괴됐다는 등. 모두의 마음을 아프게 만드는 이야기뿐이었다. 소중한 것을 잃어버릴지 모른다는 두려움에 우리는 낯선 사람들 앞에서 잠옷 바람으로 서 있는 줄도 몰랐다.

다섯 시간이 훌쩍 지나갔다. 지역 라디오 뉴스에 우리 이야기가 나왔다. 뉴스를 들으며 아침으로 먹을 샌드위치를 사러 들어오는 사람들을 바라보았다. 다들 델리 통로에 잠옷 차림으로 모여 있는 사람들의 정체를 궁금해하는 눈빛이었다.

한 소방관이 들어와 버스를 타고 가까운 재난대피소로 가라고 했다. "아, 그리고요." 말을 덧붙였다. "걱정 많이 하셨죠? 여러분들의 이웃 에디 씨는 우리와 함께 잘 있습니다." 모두 안도의 한숨을 내쉬었다. 갑자기 에디 아저씨와 나눈 다정한 순간들이 가장 즐거운 추억 같았다. 그때 처음으로 깨달았다. 난 이곳 워싱턴에서 혼자 일군 삶을 사랑하고 있구나.

마운트 플레전트에서 처음 아파트를 보러 간 날, 기분이 너무 좋았다. 빈집에는 햇빛이 한가득 비추고, 비상계단 쪽으로 자그맣고 귀여운 문이 있었다. 이곳에 살면서 비상계단 옆에 작은 정원을 만들어 여름이 되면 거기 앉아 노트북으로 영화를 보고 싶었다. 다른 집은 볼 필요가 없어서 곧장 임대계약서에 서명했다. 나의 피난처이자 창작 활동을 위한 오아시스, 가장 좋아하는 곳. 우리 집이 연기 속으로 사라지고 있었다.

일주일 후, 쌀쌀해진 날씨 때문에 코트를 찾으러 아파트에 갔다. 로비 천장에 있는 두꺼운 오렌지색 전선에 전등이 매달려 있었고, 현관 타일에는 물이 고여 있었다. 벽은 검게 그을렸고, 통로에서는 지독한 냄새가 났다. 집 현관문을 천천히 열어 보니 수술용

마스크 같은 걸 쓴 사람들이 작업 중이었다. 진흙투성이 장화를 신고 그을음이 잔뜩 묻은 포스터들을 마구 뜯어내고 있었다. 뜯어낸 포스터는 방 한가운데 쌓인 물건 더미 위로 던져졌다. 그 더미에는 베개, 책꽂이, 그림을 그리던 펜들, 엄마가 보내 준 밸런타인 카드 같은 내 삶의 조각들이 아무렇게나 쌓여 있었다.

"누구세요?" 한 명이 물었다.

"여기 사는데요? 필요한 게 있어서요?" 나는 마치 질문하듯 대답했다.

"저것들을 살펴보세요." 누군가 물건 더미 쪽으로 고갯짓했다.

'저것들'은 데이트를 고민하고, 멀리 사는 친구들과 우정을 나누고, 일자리를 걱정하며 쌓아 온 삶의 증거들이었다. 화려한 경력을 갖춘 다른 워싱턴 젊은이들과는 달랐지만, 난 이 멋진 동네에서 나만의 공간을 가졌고, 같은 건물에 사는 멋쟁이 에디 아저씨와도 꽤 의미 있는 사이였다.

20대 초, 고통과 환희라는 양극단을 쫓아다녔다. 두 감정은 일기장의 단골 소재였고, 드라마와 슬픈 발라드에 빠지게 했다. 격렬한 감정만이 의미 있게 느껴졌다. 그런데 화재를 겪은 후, 중용과 일상의 아름다움을 깨달았다. 열쇠를 우편함에 밀어 넣으며 에디 아저씨의 일기예보를 듣던 일상이 사무치게 그리웠다. 다시는 그런 일상을 당연하게 여기지 않겠다고 다짐했다.

WASHINGTON, D.C.

모르는 사[람의]
집 현관에[...]
울었다.

멋진 벽화가 많다

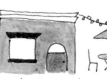

촛불 밝힌 작은 바에서
홀로 즐기는 술 (칼라마[리]
혼자 다 먹으니 좋군[)]

기품 넘치는
워싱턴 대성당

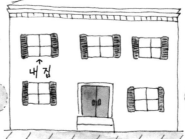

내 집

우리 아파트 ♥

한 시간

 SHOE REPAIR

진지한
대화용 벤치

BEST WORLD
SUPERMARKET
2¹⁹ 3⁶⁹ 🥤⁵

계절 변화가 한눈에
보이는 다리

마을 광장에 있는
외국 식료품 가게. 향신료
코너에서 수다 떨며 친해지기.

 COFFEE

시각장애인
바리스타는 향수
냄새로 나를 알아본다.

…할 때는 보통
…로 짝 맞춰
…다.

COCKTAILS

첫 데이트 : 저렴한 바

SHeRRY & HAM

두 번째 데이트 : 독특하고
감각적인 바

세번째 데이트 :
아늑한 일본식당

CAFé

한 박자 쉬어가는
카페

따뜻한 날
저녁, 테라스에서
와인을 마시는
노부부

화분으로 꽉 찬
미스터리한 차고

올빼미들을 위한 거리

재즈
클럽

21+

지하
댄스클럽

새벽 4시에
닫는 라운지

젤리와 노을
빛깔 워싱턴
연립 주택

혼자 영화 보기
딱 좋은 곳. 작은 와인을
들고 가서 다른 여자
판객과 나눠 마신다.

…는 출근 길, 하루 중에 가장 …우…

FBI 선물
가게

넥타이
천지네!

샌드위치
가게

PS

맞다, 백악관이
여기 있었지 !
사진 찍는 관광객들을
볼 때야 비로소
깨닫는다.

살사 클럽

**TBn
BERLIN**

도시 반대편에
있는 사무실은
참 멀게
느껴진다.

나만의 오아시스 꾸미기

룸메이트가 없어도
≋나만의≋
오아시스는 가능

MiNE

나만 쓰는
좋은 의자
하나라도 좋다.

≋내가≋
좋아하는 곳이지,
좋아해야 할 곳이
아니다.

안전하고

화재 경보기는
매달 확인!

아늑하고

조그만 양초도
쓸모가 있다

편안하고

드레스코드
"잠옷"

즐거운
나의집

좋아하는 커피숍

좋아하는
나무

좋아하는 세탁소

도시 전체가 될 수도 있고...

동네가 될 수도 있고

어른이 되는 단계

1 단계

기숙사 가구

2 단계 : 구할 수 있는 모든 것

물려받은 가구

주워 온 것

처음 사 본 중고 물품

3 단계 : 비싸지 않은 DIY 가구

혼자 살 때
최대 단점 :
테이블을 혼자
조립해야 해.

4 단계 : 진짜로 원하는 것

"소프트세이지" 컬러의
고급 신상 소파

멋진 골동품

백화점에서
산 침대

주문 제작 가구
(wow!)

불났을 때
꼭 챙겨야 하는 물건들

근교
쇼핑몰에서만
파는 선탠로션

몇 방울 안 남은
최애 향수
(나한테는 한 방울에
1천 달러)

사진이
마음에 드는
유일한 신분증

레시피
하나 때문에
산 비싼
향신료

딱딱함과 푹신함의
조화가 완벽한 베개

내가 키워도
1년이나 살아 있는
화초 (기적의 식물)

중요한 내용이
적힌 포스트잇

입으면
예뻐 보이는
청바지

휴대폰

사연 있는
반지

：떡：알맞게
익은 아보카도

낯설던 도시가
내 집처럼 느껴질 때

처음으로
고민 없이 길을
제대로 찾았을 때

잘 지냈어요?

줄 서서 기다리는데
바리스타가 나에게
고갯짓으로 인사할 때

State
New Jersey
New Mexico
New York
North Carolina
North Dakota

막힘없이
주소를 쓸 때

NICE

NICE

시내에 나가거나,
집에 있거나,
둘 다 내 집처럼
편안할 때

TAXI

여행을 마치고
돌아오면서
안도감이 들 때

나만의 장소를
찾았을 때

ChaPTeR 3
목표 찾기

하나를 고르시오

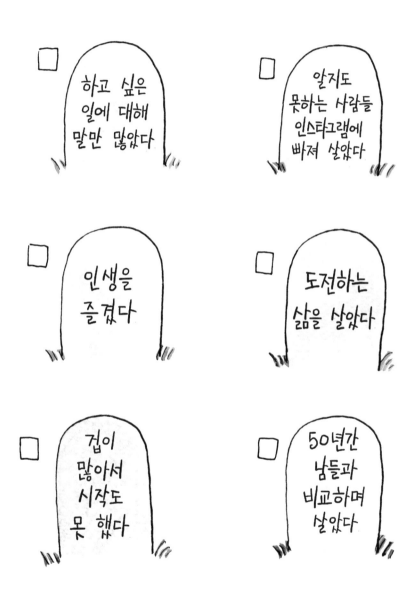

틸다 스윈튼의 도시

베를린의 10월

비가 막 그친 오후, 베를린에 도착했다.
도착 예정 시간은 오전이었지만, 비행기가 몇 시간이나 연착했다.
이유는 아무도 알 수 없었다. 공항에서 택시를 타고 시내를 달렸다.
고요한 오후의 베를린 거리는 온통 회색빛이었다.
지적이면서 어둠침침한 분위기가 내 고향 시애틀과 놀라울 정도로 비슷했다.
상상했던 모습 그대로였다.

10대였다면 베를린은 생각도 안 했을 것이다. 그런데 운명 같은 일이 생겼다. 어느 봄날, 반짝이는 치마와 물방울무늬 스웨터 차림에 술이 달린 목도리를 두르고 길을 걷고 있었다. 갑자기 어떤 할머니가 나를 불러 세웠다. "스타일 좋네! 꼭 동베를린 사람같아." 그해 10월 베를린에 가겠다는 목표를 세우고 저축을 시작했다. 가을의 베를린은 화려한 색채로 물든 멜로드라마 같은 도시겠지? 어둡고 쓸쓸하지만 우아한, 틸다 스윈튼을 닮은 도시일 거라고 상상했다. 10월에는 그런 특징들이 더 확연하게 보이리라 기대했다.

80년대 꽤 잘나가던 동네였던 크로이츠베르크의 한 아파트에 숙소를 잡았다. 지금은 버튼을 채우는 리바이스 청바지 같은 복고풍 매력이 가득한 동네가 됐다. 바클라바 가게, 스케이트보드 가게, 담배 연기로 뿌연 클럽들이 어지럽게 모여 있어서 다소 싸구려 난장판 같기는 하지만. 가장 격렬한 파티는 누군가 일어나는 시간에 시작돼서 오후가 되어야 끝이 난다. 이제 막 그런지(Grunge) 음악에 빠진 아이들이 거리로 몰려나와 60년 대부터 터를 잡은 터키 이민자들과 뒤섞이는, 그런 오후이다.

여행할 때는 규칙적이고 일상적으로 지내고 싶다. 오히려 실제로 사는 동네에서는 목적 없이 걸어 다니고, 여기저기 둘러보면서 이방인처럼 지낸다. 외국에서는 빨리 현지인처럼 되고 싶어서 그 동네 카페, 바, 골목을 파악한다. 그렇게 일주일만 지나면 '내 바리스타', '내 지하철 노선'이 생긴다. 다른 나라에서 하루하루가 일상이 되고 살짝 지루해지려는 순간, 바로 그때 눈에 잘 띄지 않던 도시의 미묘한 아름다움이 드러난다.

FRENK

좋아하는 것 :
지도 모으기
클럽에서 놀기
(새벽 3시 까지만)
작은 도자기 접시들
커다란 실내 화초
한적한 시골
싫어하는 것 :
금붕어 키우기, 나치

비로소 좋아하는 장소에 제대로 머물 수 있는 시간이 온다. 일주일이면 이웃이 생기고, 오후 4시 무렵 부엌 타일 위로 드리우는 햇빛이 눈에 들어온다.

나도 여느 사람들처럼 독일어는 딱딱하고 거친 언어라고 생각했다. 독일어를 들은 기억이라고는 영화에 나오는 나치당원들의 고함뿐이었으니까. 하지만 정중하게 바클라바를 주문하거나 레코드 가게로 가는 길을 알려 주는 독일어를 들어 보라. 마치 소리 내어 읽는 한 편의 시 같다. 물론 도시 자체는 강인하고 과묵하다. 눈인사와 어색한 미소를 주고받으며 베를린에 익숙해졌다. 낯선 곳에서 홀로 지내다 보니 그동안 몰랐던 새로운 내 모습도 발견했다.

여유 있는 산책을 위해 대부분 관광지 방문은 생략했지만, 홀로코스트 추모 공원은 빼놓을 수가 없었다. 베를린에 도착한 다음 날, 곧장 그곳을 찾았다. 완벽한 가을 오후는 황금빛으로 빛났고, 청보랏빛 그림자가 드리웠다. 관처럼 생긴 3천여 개의 콘크리트 블록이 거대한 땅 위에 서 있었다. 블록들 사이를 걸으면 커다란 조형물들이 더 크게 보여서 폐소공포증을 느꼈다. 낭만적으로 빛나던 햇빛이 차츰 어두워지며 마침내 그 빛을 잃었다.

그렇게 한참을 걸어서 콘크리트 블록 더미 바깥으로 나오니 그곳은 여전히 황금빛 오후였다. 학교를 마친 어린 학생들이 작은 블록에 앉아 프레첼을 먹으며 문자를 보내고 있었다.

한참이나 그 가장자리에 앉아 오후의 아름다움을 만끽했다. 끊임없이 변하는 햇빛이 주변의 나무들을 붉은색으로 감쌌다. 점심때 마신 맥주와 잠시 머물다 간 햇볕의 따스함을 떠올리며 살아있음을 느꼈다. 내 삶에 이런 날들도 있다는 게 너무 행복했다.

홀로코스트 희생자들에게도 찬란한 삶이 있었으리라. 그들도 어려서 한때, 학교에서 지리 수업을 들었을 것이다. 수업 시간에 창밖을 바라보며 모험, 하느님, 키스 같은 몽상에 빠지고, 나이가 들면 외모가 어떻게 변할지도 상상했겠지.

그날 먹은 것

오도독 씹히는 씨솔트를 뿌린 따뜻한 프레첼

 매운 카레 맛 소시지
　　　　마일드 치즈 조각

라즈베리 케이크 조각
　　　　　양이 꽤 많음

오전 　☕️ 커피
오후 　🍷 와인

KaFFee, BiTTe
(꼭 필요한
독일어 회화)

RoTWeiN, BiTTe

몇 년 후에는 좋아하는 사람과 영화관 맨 뒷자리 의자에서 손을 잡으며 우주가 폭발하는 듯한 두근거림도 느꼈을 것이다. 그동안 무엇을 이뤘고, 앞으로 무엇을 이룰지도 생각했을 것이다.

처음으로 내가 영원한 존재가 아니라는 생각이 들었다. 처음으로 살아있다는 게 얼마나 좋은지 깨달았다. 남들이 말하는 성공이나 트로피는 중요하지 않았다. 엘리베이터 버튼을 누르고, 운동복을 입고, 크리스마스 아침에 팬케이크를 만드는 일. 꽉 찬 지하철에서 빈자리를 노리고, 기차에서 책을 읽는 순간. 쓸데없이 속삭이듯 말하고, 앞발로 귀를 긁는 고양이를 바라보는 것들이 삶의 즐거움이었다.

20대 초반 내내 '목표 찾기'에만 급급했다. 목표는 땅속에 묻혀 날 기다리는 보물처럼 단서를 따라 열심히 파헤치면 찾을 수 있다고 생각했다. 벌써 보물을 찾은 듯한 또래 친구들을 보며 그들의 지도를 열심히 분석했다. 대학원에 가면 찾을 수 있을까? 직장에 다니면? 다른 도시로 이사할까? 일단 안정적인 직장을 구하면, 삶의 방향도 보이고 목표도 찾을 수 있겠지?

커다란 콘크리트 블록 끝에 걸터앉아 다리를 가볍게 흔들면서 바람에 살랑대는 나뭇잎을 바라보았다. 내가 좇는 행복과 목표는 과연 무엇이었을까? 불현듯 삶의 목표란 그리 어려운 게 아니라는 생각이 들었다. 내가 사랑하는 것은 성취가 아니라 과정이기 때문이다.

우편함에 들어 있는 손 편지, 이스트빌리지 길거리에서의 키스, 평일이면 잘 시간에 시작되는 금요일 밤, 토요일에 늘어지게 자고 일어나서 칵테일을 곁들여 먹는 브런치, 어느 우울한 저녁에 워싱턴 DC 한복판에서 발견한 수박 색깔 집. 내 20대를 장식한 보물 같은 경험들이다.

나의 성취이기도 하다.

내 묘비는 이렇게 적기로 했다. '인생을 즐기다 간 마리, 여기 잠들다.' 삶을 즐기는 것 자체가 삶의 목표가 됐다.

베를린을 떠나기 전날, 시간을 쪼개가며 버킷 리스트를 다 채울 수도 있었다. 나는 그러지 않고 이미 들렀던 동네로 다시 가서 느긋하게 돌아다녔다. 놓친 가게들을 천천히 둘러봤고 와플 하나를 먹으면서도 오랜 시간을 들였다. 박물관 정복의 꿈은 일찌감치 접었다. 대신 지우개 하나까지 베를린에서 손수 만든 용품을 파는 화방에서 베를린의 현대 미술을 구경했다. 삽화가인 화방 주인의 스케치가 벽면에 줄지어 붙어 있었다. 우리는 오후 늦게까지 대화를 나눴다.

OTTiLie

시크하고 사연 많은 인물

"화가세요?" 주인이 물었다. 공식 예술가 자격증이라도 있어야 미술용품을 살 수 있나? 조금 당황스러웠다. "전혀 아니에요. 가끔 낙서처럼 그리는 정도죠. 펜을 좋아해요."

주인은 내 나이 때부터 취미로 그림을 시작했단다. 예술 관련 학교에 다닌 적도 없고, 직업 화가를 목표로 시작하지도 않았다고 했다. 감동적이었다. 나라면 이 나이에 이력서에 한 줄 넣지도 못할 취미를 시작할 생각은 못 했을 텐데.

"되도록 펜을 안 잡으려고 했어요. 취미가 직업이 될까 봐 걱정했거든요"라는 내 말에 주인은 대답했다. "난 심지어 잘 그리지도 못해요. 그리는 게 좋을 뿐이죠." 주인은 마치 친한 친구나 거품 목욕 이야기를 하듯 미술에 대해 말했다. 그녀에게 중요한 건 남들의 칭찬이 아니었다. 새 붓에 자홍색 물감을 묻히는 즐거움을 위해 그렸을 뿐이다.

나도 언젠가는 오롯이 나 자신을 위한 예술을 하고 싶다고 생각했다.

마지막 날 밤, 지갑에 남은 4유로를 들고 프랑스 식당에 가서 에스프레소를 주문했다. 비를 피해 사람들이 계속 식당으로 들어왔다. 각기 다른 개성의 손님들이 바 의자를 채웠다. 한 나이 든 남자가 파란색 볼펜으로 신문의 십자말풀이를 하고 있었다. 애벌레 같은 남자의 흰 눈썹을 검은 중절모 챙이 가리고 있었다. 생크림을 듬뿍 올린 커피를 조금씩 홀짝이며 자신의 인생에 만족하는 듯한 편안한 얼굴이었다. 나도 그러고 싶다는 마음으로 스케치북을 펼쳤다.

존경할 만한 사람들

여기서 질문

어떻게 그렇게

좋아하는 일을 하며
재미나게 사는
멋쟁이 할머니

어떻게 그렇게

올바르게 행동하는
소설 속 인물

넘치는 자신감으로
내 결정도 항상
응원해 주는 친구

어떻게 그런

사연이

헤어 스타일과
립스틱 색깔에
대담한 여자

어떻게 해야

매일매일 신나게
즐기는 아이들

내 생각에는...

되셨을까? ────

홀로 세상에 맞섰다.

자신 있을까? ────

원하는 일을 위해서
온갖 위험을 감수했다

인물이 됐을까? ────

실천

뭘까? ────

자신을 알기 위해 노력했다.
그래서 지금은 진한 보라색이
잘 어울린다는 것을 알게 됐다.

아이들처럼 살까? ────

호기심을 따라가자.

나 홀로 여행을 위한 팁

1. 사진을 찍을 때는 10대 소녀에게...
   예쁜 각도를 안다.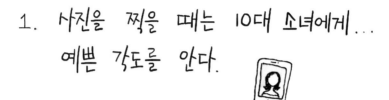

2. 길을 물어볼 때는 어르신에게...
   동네에 훤하시다.

   머릿속에
   지도 장착

3. 말이 서툴러도 비웃지
   않을 현지 친구를 사귀자.

   WOOF!

4. 오직 ⁝나만을 위한 치즈 플래터⁝ 주문

5. 격정적인 사랑에 빠지자. (나 자신과)

   PERFUME   Le ♡ Chic

6. 남들이 어떻게 계산서를 달라고 하는지 잘 보자.

7. 특별한 이 순간을 기념할 물건 사기

8. 옆 테이블 사람들과 친구 되기

9. 바텐더와 사랑에 빠지기
   (진짜든, 상상이든)

10. 유쾌한 순간도, 외로운 순간도 있는 법
    유쾌한 사진만 올리자!

여 행
기대 vs 현실

 기차에서 미소짓는
저 남자는 내
소울메이트 '구스타보'.
다툴 일은 딱 하나.
우리 애들의 모국어는?

 기차 옆자리
은퇴한 영국 남자
'밝은 자본주의가
어쩌고저쩌고...

 이곳 음식에 푹
빠지겠어.
미각을 깨우는
훌륭한 저녁만찬.

 팔라펠 파는 남자와
사랑에 빠진다.
밤 10시 전에 음식을 파는
유일한 친구니까.

이슬람 음식

 아름다운 유적지에서
인류는 :하나:라는
깨달음을 얻는다.

 유적지에서 사진 찍을
틈을 노리는데, 새 한마리가
머리 위로 똥을 싼다.
그걸 본 안전 요원들과
나는 함께 박장대소.
창피함에 국경이 없으랴.

가져갈 필요 없는 물건

커다란 카메라 :
휴대폰이면 충분

"혹시 울지 모를
순간"을 위한 드레스

스카프 :
여행가면
널린 게 스카프

런닝화 : 행여나 !

5년 전에 산
소설책 : 지금이라고
읽을까 ?

가볍고 귀여운 재킷 :
함부로 날씨를
예상하지 마

낯선 곳에서 길 찾기

영원히 기억할 냄새 :

안 먹어 본
빵

처음 보는
바다

지하철에서
스친 여성의 향수
(샴푸 향인가? 모르지 뭐)

이틀 만에
내 집 같아진 방

사귈지도 몰라 :

아마도 시인

비밀이 많은
바리스타

옷을 다 새로
사고 싶게 하는
멋쟁이 히피

클럽에서 혼자
노는 미스터리한
남자

잃어버리면 골치 아파 :

짐

일상 회화

방향감각

감수성

나를 만드는 순간 :

친구 찾기

사랑 찾기

즐거움 찾기

내 집 찾기

청년 시절 길 찾기

영원히 기억할 냄새 :

첫 사랑이 쓰던
향수

한번씩 다시
꺼내 읽는 책

지하 술집

첫 아파트 복도에
깔린 카펫

사귈지도 몰라 :

동료

가장 친한 친구
(괜찮을까?)

온라인에서 만난
남자 (제프?)

트위터로 가끔
소통하는 남자

잃어버리면 골치 아파 :

열쇠

직장

꿈

어린시절

나를 만드는 순간 :

친구 찾기

사랑 찾기

즐거움 찾기

내 집 찾기

20대의 삶과 닮은 나홀로 여행

룸 서비스죠?

→ 머릿속으로 그려 본 상황과 실제는 살짝 다를 때가 많다.

창의력과 배짱이 튀어나온다.

창의력 + 배짱

= 생각지 못한 기회
놀라운 우정
잊지 못할 경험

나 홀로 여행은
모험의 연속
어른이 되는 것은
⸭삶⸭이라는 모험을
떠나는 것

⋮목표⋮를 찾아가는 과정

시그널을 찾자

오늘
시작해

갑자기
의미심장한
인스타그램
명언

TAKE
RISKS!

오늘의 운세
(나쁜 얘기는 무시)

새 한마리
(여러가지
해석 가능)

조언을 듣자

버스 정류장에서
만난 인생 경험이
풍부한 할머니

지혜로운 친구들

위로가 되는
목소리의 팟캐스터

별의별 직업에 도전해 보자

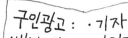

구인광고 : · 기자
· 바리스타   · 성직자
· 기차 승무원 · 타로 점술가
· 광대   · 회계사

당연하지!

딱, 이 두사람만 생각하며 결정하자

5세의 나

5살짜리의 나

CHAPTER 4
사랑 그리고 연애

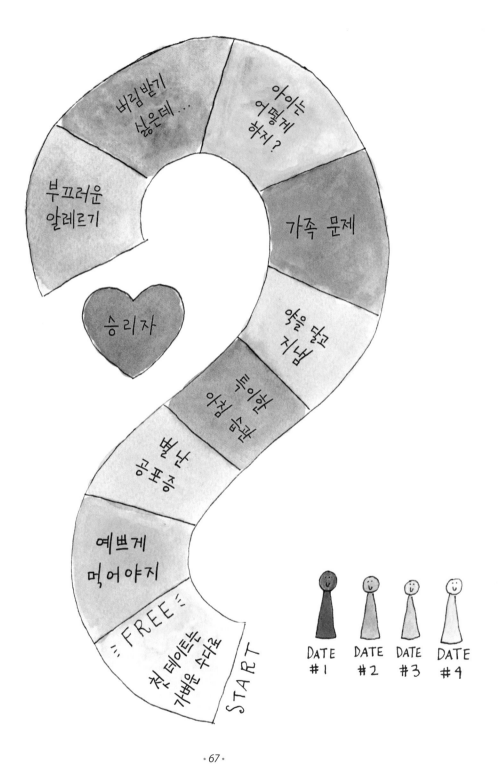

싱글 라이프

파티에
혼자 간다.

전구 갈 때
도와 줄
사람이 없다.

부엌에서
'오티스 레딩'
노래에 맞춰 함께
춤출 사람이 없다.

외국에서 사랑에 빠지고,
팟타이를 혼자 다 먹고,
스페인으로 훌쩍 이사한다.

모든 데이트가
친구 만날 때처럼 쉬우면 좋겠다

 안녕, 반가워!

나도.. 이미 알고 지낸 사람 같아.

걱정할 일은 이런 것뿐 :
쟤도 포옹을 좋아할까 ?
내 스타일을 좋아할까 ?

 '옷' 멋지다!

선물을 준비했어.

≶ 안달난 사람 ≶ 처럼 보일까
걱정하지 않아도 된다

넌 정말 멋져!

다음 주에 놀자!

사랑에 빠지다!

포르투갈 리스본으로 여행을 떠나기 전, 두 달 동안 집에만 박혀 있었다.
슬프고 괴로운 와중에 침착함을 잃지 않는 듯했지만
그건 혼자여서 가능한 일이었다.
원래 남자친구와 함께 계획한 여행이었다. 하지만
출발하기 한 달 전 알레한드로와 헤어지는 바람에 홀로 떠나야 했다.
리스본에 도착한 날 아침, 나는 고립과는 전혀 다른 무언가를 갈망했다.
활기 넘치는 날들을 보내고,
혼자라는 사실도 흔쾌히 받아들일 준비가 되어 있었다.

마지막 날 밤. 스페인 기타를 연주하는 뮤지션과 사랑에 빠지는 일생일대의 꿈을 이뤘다.
그는 내 이름을 물어본 후 마지막 곡으로 '이파네마에서 온 소녀'를 연주했다. 식당 야외
테이블에 앉아 있던 사람들은 다빈치가 그린 천사 같은 머리칼과 주름이 깊게 팬 이마
를 가진 브라질 마술사의 연주에 빠져들었다.

야자나무 그늘이 드리워진 알파마(Alfama)의 어느 광장이었다. 코럴빛 리넨 천들이
펄럭거리며 바다의 짠 내음을 빨아들이고 있었다. 알파마의 가파른 언덕 위로 색의 향연
이 펼쳐졌다. 삐뚤빼뚤한 자갈길 미로 속에서 수없이 길을 잃으며 집마다 다른 타일 패턴

에 감탄했다. 총천연색 깃발들이 창문에서 창문으로 이어졌고, 길거리에 깔린 테이블은 와인병과 '즈, 스, 츠'같은 포르투갈어로 생기 넘쳤다.

그날 저녁, 밤 문화의 열기로 뜨거운 바이로 알토(Bairro Alto)에 가는 길이었다. 한 주의 마지막 밤을 보내기에 알맞은 곳 같았다. 이제 시차도 극복했고, 일주일 동안 돌아다니면서 포르투갈어로 맥주 주문쯤은 할 수 있었으니까.

스페인 기타가 문제였다. 나의 연애는 과거에도 스페인 기타 때문에 숱한 파국을 맛봤다. 기타리스트를 그냥 지나쳐 가려는데 귀에 익은 음악이 나왔다. 별수 없었다. 딱 1분만 듣고 갈 생각이었다.

날이 어스름해지고 스페인식 오징어튀김에 곁들여 마시던 화이트 와인은 어느새 레드 와인으로 바뀌었다. 1분은 120분이 되었다. 일기도 쓰고 옆 테이블 친구들과 대화도 나눴지만, 정신은 내내 기타 치는 남자에게 팔려 있었다. 저녁은 밤이 되었고 바이로 알토에 갈 생각은 이미 사라졌다. 여대생, 여자 종업원, 중년의 여성 여행객. 그곳에 있던 여자들 눈에 별이 반짝였다. 연주자가 내 눈을 지긋이 바라보며 물었다. "공연 끝나면 같이 나갈래요?" 모두가 날 쳐다봤고, 난 얼굴이 새빨개진 채 수줍게 대답했다. "좋아요."

(여행에서 돌아와 친구에게 얘기했더니 우디 앨런 영화 같다면서 손뼉을 쳤다.)

공연이 끝나고 우리는 알파마의 숨은 골목길을 걸어 그의 친구들을 만나러 갔다. 어느 작은 바 간이 무대에 모여서 즉흥 연주를 한다고 했다. 주앙 지우베르투(João Gilberto)보다는 너바나 스타일이었다. 드럼, 기타, 트라이앵글을 번갈아 연주했다. 영국과 일본에서 건너온 보헤미안들이 합류했고, 프랑스어, 스페인어, 영어를 섞어가며 이야기를 나눴다.

"내일 아침 일찍 미국으로 돌아가야 해서 이만 일어나야겠네요." 훗날 파란색과 흰색이 섞인 우리 아파트 건물 타일에 비추는 햇빛 사이로 집 문을 더듬거리며 열쇠를 꽂는데 이 말이 떠올라서 깔깔댔다.

일주일간 리스본의 아름다움에 여러 번 감탄했다. 공작 떼, 사방에 흐드러진 히비스커스꽃, 거리를 뒤덮은 치자나무, 상징과도 같은 제비. 이들이 뿜어내는 거대한 생명력에 도시는 빛이 났다. '이런 곳에서 나쁜 일이 일어날 수 있을까?' 억울함이 아닌, 일종의 경외심이 들면서 진심으로 궁금했다.

물론 이곳에서도 나쁜 일은 있었다. 포르투갈 역시 추한 역사가 남기고 간 슬픔의 그늘에서 벗어나지 못했다. 십자군 전쟁, 식민 지배, 독재, 갑작스러운 가난이 이 땅을 훑고 갔다. 피스타치오 아이스크림을 음미하는 동안에도 구슬픈 파두의 멜로디가 들렸다. 파두는 애상과 향수의 정서가 담긴 포르투갈 민요이다. 오래된 교도소 옆에 꽃이 활짝 핀

기타 : 일본에서 온
'레페'(TePPe)

탬버린 : 브라질에서
온 '세르지오'
(SÉRGiO)

드럼 :
아르헨티나에서
온 '카이'(KAi)

보컬 :
영국에서 온
'나나'(NiNa)

나무들이 자라고 있었다. 아름다움은 언제나 슬픔과 얽혀 있다.

마지막 날 밤, 새 친구들과 작별 인사를 나누며 충만함과 동시에 슬픔을 느꼈다. 기타리스트는 그 감정을 사우다드(saudade)라고 알려주었다. 그렇지, 사우다드. 포르투갈을 상징하는 단어였다.

오로지 그들의 언어로만 표현할 수 있다. 영어로 아무리 설명하려 해도 그 복잡한 감정을 표현하기에는 부족하다. '노스탤지어'가 가깝긴 하지만, '사우다드'는 더 복잡한 감정이다. 지난 일에 대한 감사와 기쁨의 표현인 동시에 다시 오지 않을 무언가에 대한 쓰라린 아픔이다. 행복한 갈망과 통렬한 슬픔, 벅찬 기대와 서글픈 상실감이 뒤섞여 있다. 사랑하는 것의 부재가 낳은 짙은 슬픔과 그리움을 안고 살아온 바닷사람들만이 이해할 수 있는 것이다.

매일 해 질 녘이면 알레한드로와의 이별 때문에 괴로웠다. 미소와 웃음소리, 휴대폰에 남아 있는 음성메시지같은 추상적이고 흐릿한 그의 모습을 붙들고 있었다. 낮 동안 뜨겁게 달궈진 지붕들이 식어가는 풍경을 보며 계속 그의 유령과 함께 있었다. 산들바람이 불면 알레한드로의 유령은 바람에 실려 떠나가고, 2인용 테이블 한쪽은 빈 채로 남아 있었다.

하지만 해 질 무렵만 빼면 혼자라서 더 행복했다. 모든 자유가 오직 나만의 것이었다. 나의 충동적인 성격과 오랜 소망을 생각하면 내게 꼭 맞는 선물이었다. 종종 드는 의문이지만, 나란 여자는 도대체 남녀관계에 적절한 인간이긴 할까 싶었다. 혼자 보내는 시간이나, 홀로 떠나는 여행이 너무 좋다. 동시에 마음이 통하는 누군가와 얽힐지 모르는 낭만적인 가능성도 사랑한다. 공연이 끝나고 함께 가자던 스페인 기타리스트의 제안을 거절했다면, 나 자신이 얼마나 실망스러웠을까?

리스본에서 기타리스트와 함께 보낸 밤은 끔찍하리만치 평범했던 워싱턴 데이트와는 너무 달랐다. 그의 부드러움은 나를 무장해제 시켰고, 한결같은 존재감으로 나를 벅차오르게 했다. 그는 한 번도 휴대폰을 보지 않았다. 휴대폰을 가지고 있기는 했을까?

우리는 조용한 골목길로 나와 바람을 쐬었다. 자갈 바닥을 밟는 우리의 발소리가 골목 가득 울렸다. 가로등 불빛을 따라 걷다가 하얀 회반죽이 칠해진 13세기 교회당의 아치 아래 앉았다.

"기타 칠 줄 알아요?" 그가 물었다. "아뇨, 아빠가 기타리스트인데 재능을 물려받지 못했어요." 아빠가 살아 계신 것처럼 현재 시제로 얘기했다. 끝까지 아빠의 죽음을 받아들이기가 싫었다. 그래서 머릿속에서 마법을 부리고, 서투른 스페인어를 핑계 삼아 아빠의 죽음을 없는 일처럼 만들었다.

나만을 위한 여행이었다. 어떤 캐릭터로 휴가를 보내고 싶은지 이미 생각해 뒀고, 그에 맞춰 좋아하는 옷만 챙겨왔지 않은가. 그러니 이 특별한 저녁에는 내 인생에서 가장 아름다운 부분만 챙기고 싶었다.

근사한 데이트는 주변의 온갖 사소한 것조차 날 매력적으로 만들어 준다. 웨이터는 내 농담에 웃어 주고, 드레스 끈은 어깨에서 적당히 흘러 내려온다. 하지만 별로인 데이트에서는 내가 아무 매력 없는 인간이 된다. 하품을 줄기차게 하면서 낮잠을 제대로 못 자서 그렇다고 투덜대는 남자에게 어떻게 불꽃이 튈까? 그간 여러 커플이 지리멸렬했던 내 데이트 이야기를 들으며 한숨을 푹푹 쉬었다. "데이트는 참 힘들어, 두 번 다시 하고 싶지 않아." 물론 나도 데이트는 힘들 수 있다고 생각한다. 하지만 완벽한 데이트는 다르다. 답장 없는 메시지와 저녁 데이트에 앞서 느끼는 초조함을 전부 보상하고도 남는다. 나와 꼭 맞는 역할을 맡은 연극에서 상대의 마지막 대사는 이미 정해져 있다. "또 만나고 싶어요."

이 특별한 남자를 다시 만날 수 없다는 건 알았지만, 이날 저녁은 진정한 데이트로 꼽을 수 있었다. 실로 20대를 통틀어 가장 만족스러운 데이트였다. 무슨 일을 하냐는 질문에 아무 주저 없이 대답했다. "작가이자 화가예요." 나를 소개할 때 한 번도 쓴 적 없는 단어들이었다.

"그럴 줄 알았어요.. 느낌이 왔죠." 입바른 거짓말 같지는 않았다. 오히려 더 진실하게 느껴졌다. 상대에게 좋은 인상을 남기는 동시에 몰랐던 내 매력을 찾는 것, 그것이 데이트가 선사하는 근사한 보너스다. 타인과 사랑에 빠지는 것은 어느 정도 자신과 사랑에 빠지는 일이 아닐까?

LiSBON, PORTUGAL

늦은 밤에 반함 :
세벽 2시에 조각ㅍ
파는 남자

저녁에 반함 :
'네그로니' 칵테일
제조법을 알려준
바텐더
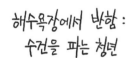

공원에서 반함 :
'바글'에게 나뭇가지를
던져 주는 우아한 남자

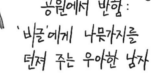

해수욕장에서 반함 :
수건을 파는 청년

아침에 반함 :
밀가루가 잔뜩 묻은
제빵사

길을 걷다 반함
트롤리 운전기

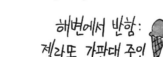

해변에서 반함 :
젤라또 가판대 주인

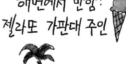

LISBON

공항에서 반함 :
같은 탑승구에 있던
독일 축구팀 전원

성곽에서 반함 : 공작에게
말을 건네는 경비원

박물관에서
반함 :
초상화 속
매력적인
포르투갈 왕족

서 반함 :
대 바리톤

해 질 녘에 반함 :
기타리스트

모던 로맨스

남자의 매력적인 액세서리

기타 :
손놀림이 섬세하고
훌륭함

그림 액자 :
어른이 됐다는 증거

꽃병 :
아름다움을
추구함

일기 :
자신을 잘 아네

런닝화 :
튼튼한 종아리, 일걸?

웍 :
면요리가
주력이 되겠군

데이트 고민

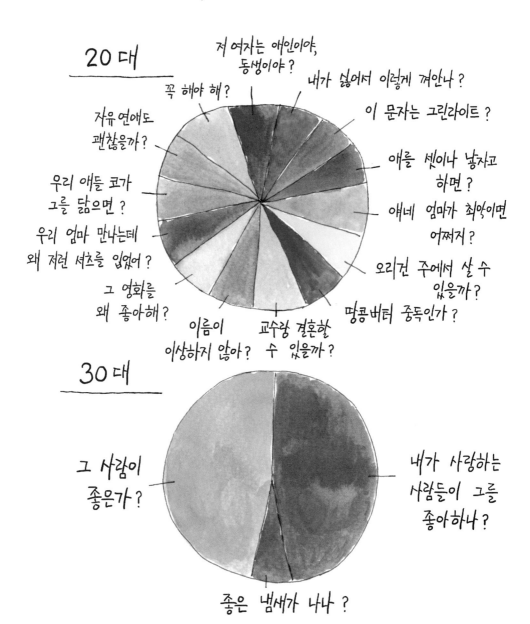

20 대

저 여자는 애인이야, 동생이야?

꼭 해야 해?

내가 싫어서 이렇게 껴안나?

자유 연애도 괜찮을까?

이 문자는 그린라이트?

우리 애들 코가 그를 닮으면?

애를 셋이나 낳자고 하면?

우리 엄마 만나는데 왜 저런 셔츠를 입었어?

애네 엄마가 최악이면 어쩌지?

그 영화를 왜 좋아해?

오리건 주에서 살 수 있을까?

이름이 이상하지 않아?

교수랑 결혼할 수 있을까?

땅콩버터 중독인가?

30 대

그 사람이 좋은가?

내가 사랑하는 사람들이 그를 좋아하나?

좋은 냄새가 나나?

사귈 수 없다는 신호

그런데 왜 끌리지?

다른
도서에
산다.

애틋해서
낭만적이잖아.

다른
사람을 사랑한다.

옷을
잘 입네.

철이 없다.

깜짝
놀랄 일
천지

일부일처제
반대

나 때문에
마음을
바꿀지도 몰라.

여자
친구가
있다.

사랑할
줄
아는구나.

데이트 정글

도시로 본 남자 친구

뉴욕 :
약속은 남발. 실제로
해 주는 것은 거의 없음

파리 :
100% 만족한
적이 없음

상트페테르부르크 :
여름날의 사랑놀이

리우데자네이루:
매력은 넘치지만
책임감은 바닥

피렌체 :
감각 좋고 다정한데
얼굴을 엄청 밝힘

산타페 :
영적이고 흥미롭지만
아주 재밌지는 않음

프라하 :
자신이 잘 생기고
똑똑하다는 걸
잘 알고 있음

시애틀 :
멋지지만 냉정함

샌프란시스코 :
무난해 보이지만
손이 많이 감

피해야 할 남자 친구

2주마다
미용실에 간다.

"난 바라는 게
없어"라면서
로맨틱한 식당에
데려간다.

집에 초대해서
사람 홀리는 향수로
들이대고는 문자도
성의 없고 내 이름도
자꾸 틀린다.

다른 여자들과 데이트하는
흔적을 흘리고 다닌다.
"그때 그게 너였나..?"
라는 말을 많이 쓴다.

액세서리를 나보다
훨씬 잘 고른다.

인스타그램에서 팔로우하는
모델이 많다.

내 속옷보다 훨씬 좋은
사각팬티를 입는다.

내 외모가 본인의 미적 감각에
끼치는 영향을 몹시 의식한다.

실용성보다 스타일에 집착한다.
특히 겨울에.

지금 특별히
바라는 게 없어.

* 바라는 게 있지만
  그게 너는 아니야.

* 너보다 더 좋은 사람이랑
  사귀고 있어.

* 지금은 특별히 바라는 게 없지만,
  네가 더 섹시했다면 상황이 달랐겠지.

* 시내에 있는 일주일 동안만
  이 데이트 앱을 써.

* 어젯밤에 여자친구랑 헤어졌어.

친구들에게 조언을 구했더니

캐나다 남자를
사귀는 게 비결이야.

캐나다 남자
만나는 중

뮤지션을 만나 봐.

뮤지션
만나는 중

복잡한 사람은
사귀지 마!

재미없는
남자랑 결혼

엄마처럼 사는 게
어때서?

엄마

첫번째 데이트 성적표

| Name: 호세 | Date: 2월 28일 | Location: 깜찍한 힙스터 바 |

스타일 : B+
코멘트 : 애는 썼지만 신발이 전혀 안 어울림

주문 : A
코멘트 : 네그로니 칵테일 주문 (술 취향이 마음에 들어)
탄산수와 생수 중에서 탄산수를 골랐다.

대화 : C
코멘트 : 나에 대해 별로 궁금해하지 않았다.

신체언어 : A+
코멘트 : 눈빛 교환이 훌륭했음
앉아 있는 동안 무릎이 닿았다.

계산 : D
코멘트 : 각자 계산. 내가 손톱과 눈썹
관리에 돈을 얼마나 썼는지 안 보여?

데이트 이후 : A
코멘트 : 차로 집까지 데려다 줌.
내 쪽 머리 받침대에 손을
올리고 후진했다.

사랑에 빠졌다는 신호

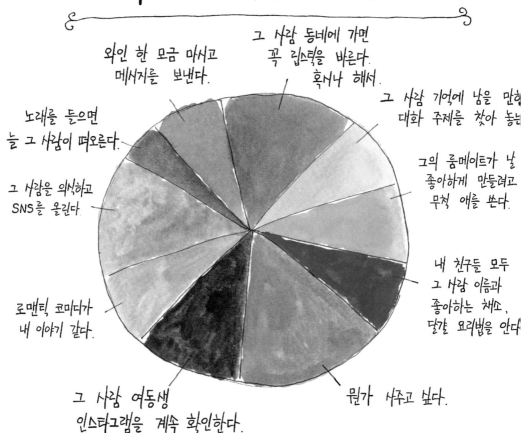

와인 한 모금 마시고 메시지를 보낸다.

그 사람 동네에 가면 꼭 립스틱을 바른다. 혹시나 해서.

노래를 들으면 늘 그 사람이 떠오른다.

그 사람 기억에 남을 만한 대화 주제를 찾아 놓는

그 사람을 의식하고 SNS를 올린다.

그의 룸메이트가 날 좋아하게 만들려고 무척 애를 쓴다.

로맨틱 코미디가 내 이야기 같다.

내 친구들 모두 그 사람 이름과 좋아하는 채소, 달걀 요리법을 안다.

그 사람 여동생 인스타그램을 계속 확인한다.

뭔가 사주고 싶다.

사랑에 빠지다

보물이지!

풍부한
인생 경험과
이야깃거리.

ChaPTeR 5

이별과 상실

인생 3막

COLLECTION

이별의 대가

나에 대한 회의감,
모든 남자에 대한 불신,
상처받은 자존감,
어딜 가든 비집고
나오는 아픈 추억

삶의 교훈,
다음 연애를 위한
희망찬 계획,
새로운 인생,
멋진 이야깃거리

이별 해부

어디를 보나
추억이
떠오른다.

산발한 채로
내버려 둔다.

모든 음악이 고통

그가
싫어했던
향수

"나름의 노력"

프리다 칼로가 떠오르는
블라우스
나는 지금 그녀와
:하나:가 되었다.

누군가
잡아 주기를
바라는 손

정서적 고문 기구

무시당하는
성욕

발에 채는
추억들

새 길 찾기

사귈 때

집 앞 골목까지
데려다주는
자상함

맨날 쓰는
깜찍한 모자

맞팔나는 SNS

멋진 기하학 무늬
문신

감미로운
기타 솜씨

고독을 즐기는
신비로움

높은 안목

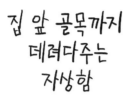

꾸미지 않지만
멋스러운 스타일

프랑스제
축구화

운동화 블로거

헤어진 후

집 앞 골목까지
데려다주며
온갖 생색

다른 모자는 없나?

SNS 중독 :
팔로워 수 늘리려고
헤어지자마자 나를 언팔

흔해 빠진
문신

신물 나는
기타 세레나데

친구 없음

허세 작렬

패션 센스 좀
배우지

프랑스인도 아니고
축구도 안 하면서

할인받으려고
블로그 함

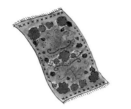

반짝이는 무언가

다섯 살 때 부모님과 멕시코에 갔다.
이혼 전 마지막으로 화해를 시도하는 가족 여행이었다.
자홍빛 자수 공예품과 거대한 도마뱀, 챙이 넓은 멕시코 솜브레로 모자를 쓴
인형들, 얼음 없는 콜라밖에 없던 메뉴판이 기억난다.
목욕물처럼 따뜻한 모래 속에 발을 파묻었던 순간도 기억난다. 파도가 만든
물거품 위로 내 발가락이 사라졌다 나타나곤 했다.
나는 지그재그로 바닷물을 들락거리며
돌멩이와 조개껍데기를 주웠다.

마른 모래 더미에 반짝이는 무언가가 반쯤 묻혀 있었다. 틀림없는 금이었다. 마야의
보물이라도 발견한 듯 잔뜩 설렜다. 이제 TV 인터뷰를 하고 어마어마한
저택으로 이사하겠지. 180도 달라질 인생에 들떠 반짝이는 동전을
손에 꼭 쥐었다.

　엄마, 아빠에게 달려가서 고고학자처럼 발굴한 보물을 보여
줬다. "금이에요!" 알래스카의 개척자라도 된 양 크게 외쳤다.

"잘됐네. 잔돈이 생겼으니 저걸 탈 수 있겠어." 아빠는 패러글라이더를 가리켰다.

두 가지를 깨달았다
1. 나의 보물은 단돈 몇 센트 짜리였다.
2. 아빠가 패러글라이딩하다 죽을 뻔했다.

나는 마구 짜증을 내며 울었다. 우선 내 꿈은 산산이 조각났고, 더 큰 문제는 아빠가 하늘로 올라간다는 것이었다. 다섯 살 나이에는 엄마, 아빠가 세상 전부이다. 그런데 아빠가 구름 속으로 날아간다니, 그걸 어떻게 보고만 있겠는가? 아빠는 하늘에서 작은 그림자가 되었다가 내가 보는 앞에서 바다에 떨어질 게 분명했다.

"마리, 저건 안전해. 저 아저씨도 타고 있잖아. 아빠도 안전 장비를 다 갖추고 탈 테니 아무 걱정 안 해도 돼. 제발 그치렴." 두 분은 나를 달래려고 애를 썼다.

하지만 아빠는 몰랐다. 난 아빠의 목숨을 구하려는 것이었다. 훗날 나에게 고마워할 텐데. 내가 울음을 그치지 않자, 결국 아빠는 패러글라이딩을 포기했다. 이 소동을 전부 지켜본 아저씨들에게 아빠가 한숨을 쉬며 말했다. "어쨌든...... 고마워요."

아빠를 몹시 사랑했지만, 20대 초반이 되자 우리 사이가 어색해졌다. 둘 다 그 이유를 딱히 알 수 없었다. 틀림없이 내가 아빠에게 상처 준 일이 있었을 텐데 생각이 잘 안 났다. 아빠에게 잘못한 일을 곰곰이 생각하다가 결국 멕시코에서 패러글라이딩을 못 하게 한 일을 사과하기로 했다.

스물여덟 살에 아빠의 심장마비 소식을 들었다. 그때 난 워싱턴에 살았고, 아빠는 샌프란시스코에 살았다. 아빠는 관상동맥 우회술을 받고 2, 3일마다 이메일로 상태를 전했다. 상태가 왔다 갔다 한다거나, 병세가 심각하다거나, 억지스러운 유머와 안부가 뒤섞인 이메일을 주고받는 일은 여간 스트레스가 아니었다.

수술 후 아빠의 상태가 더 나빠져서 비행기를 타고 샌프란시스코 병원에 찾아 가기로 했다. 아빠한테 사과할 참이었다. 아빠에게 할 말을 머릿속으로 계속 연습하며 며칠 동안 밤마다 동네를 걸어 다녔다. "아빠, 패러글라이딩 못하게 해서 미안해요. 다른 것도 전부 다 미안해요. 아빠를 용서할 테니 아빠도 날 용서해 줘요."

비행기를 타려던 날 아침, 아빠는 돌아가셨다.

우리는 깁스를 한 사람을 보면 자리를 양보하거나 문을 열어 주려고 한다. 정신적으로 힘든 사람도 나름 보이지 않는 깁스를 한 셈인데 돌봐줘야 하지 않을까? 아빠가 돌아가신 후로 가족 잃은 사람이라는 것을 알려주는 표식이 있으면 좋겠다고 생각했다. 머리에 꼭 맞는 검은 레이스 덮개 같은 것도 좋다. 1940년대 부에노스아이레스의 탱고 바에 어울릴 법한 덮개라도 좋다. 슬픔과 애도의 표식이 된다면 그걸 쓰고 세상에 말할 텐데. "힘든 시간을 보내고 있습니다. 따뜻하게 대해 주세요."

아빠의 죽음은 삶을 여러 가지로 바꾸어 놓았다. 매일 그림을 그리기 시작했고 어느 때보다도 글을 많이 썼다. 출판사에 글을 보내는 일도 더는 두렵지 않았다. 기타, 살사 댄스, 서핑, 디자인 수업에 등록했다. 친구를 많이 사귀었고 진작 끝냈어야 할 관계를 마음 편하게 정리했다. 한동안 미뤄둔 책을 다 읽었고 외국어 공부도 진도를 나갔다. 이뿐만이 아니다. 아파트 인테리어도 마무리했고 운동량도 늘려서 물구나무선 채로 다리 찢기가 가능해졌다(몇 년 전이었으면 구급차에 실려 갔겠지).

"그 많은 일을 어떻게 다 했어?" 누군가 물으면 이렇게 대답한다. "어렵지 않아. 부모님 중에 한 분이 돌아가시면 돼." 싫지만 사실이다.

인간은 불사의 존재가 아니라는 사실을 알기에 매일 아침 살아있다는 생각만으로도 아드레날린이 솟구친다. 근사한 기분이지만 동시에 끔찍하기도 하다. 나의 세계가 당장 내일이라도 끝날 수 있음을 잘 알고 있다. 덕분에 힘이 불끈 솟으면서도 초조한 마음이 앞선다. 나는 더 열정적이고 더 빠르게, 생산적이면서 풍요롭게 살아간다. 죽음을 피할 수 없다는 생각이 불쑥 떠올라 밤새 슬픔에 빠져 있기도 했지만…… 데이비드 보위가 죽었을 때 친구들은 처음으로 삶이 유한하다는 철학적인 사유를 공유했다. 마치 술집 구석에서 위스키를 스트레이트로 마시면서 처음 바카디를 마시고 취해 떠드는 10대 무리를 보는 느낌이었다.

'habit(버릇, 습관)'이라는 단어는 원래 드레스나 의복을 뜻했다가 나중에야 지금의 의미가 되었다. 지금도 수녀복을 'habit'이라고 부른다. 어원으로 보면 '갖고 있는 것'을 의미한다. 가까운 사람이 죽었다고 계속 베일을 쓰지는 않지만 죽음을 애도하는 사람은 표가 나기 마련이다. 대중교통을 탈 때나, 직장에서나, 집에서나 드러나는 무언가가 있다.

거슬리는 말에 예민하게 반응하거나 기타를 치며 새 노래를 부른다면 나는 애도하는 중이다. '애도'는 일상과 뒤섞일 수밖에 없기에 아빠의 죽음을 일상과 분리해서 생각할 수 없었다. 잔뜩 예민해진 감수성, 한밤중의 고뇌, 끓어오르는 창작 욕구. 이것이 나의 애도이다.

아빠가 돌아가신 날 아침, 얼마 전 엄마에게 받은 아르 데코 풍의 목걸이를 걸고 나갔다. 좀처럼 당신 물건을 사지 않던 엄마였기에 그 목걸이를 엄마가 샀다는 걸 똑똑히 기억한다. 엄마는 펜던트 안에 내 사진을 넣었다. 좋아하는 엄마의 사진 속에는 항상 그 목걸이가 있었기 때문에 나도 그 목걸이를 좋아했다.

머리를 질끈 묶고 상기된 얼굴로 여느 날과 다름없이 출근했다. 동료들은 왜 나왔느냐고 물었지만 딱히 다른 할 일도 없었다. 검은 벨벳 옷이 내 아픔을 알려 주는 표식이라면, 목걸이는 그날을 이겨내는 방패였다. 엄마의 힘과 교양이 전해지는 나의 방패. 난 재클린 케네디식으로 애도했다.

회사에 도착해서 빨간 목도리를 벗어 의자 위에 걸쳤다. 그때 소중한 엄마의 목걸이 줄이 풀리면서 바닥으로 툭 떨어졌다. 숨을 몰아쉬며 내 목을 더듬었다. "안돼, 안돼, 안돼." 온갖 신, 우주, 별을 향해 기도했다. 책상과 사무실 바닥을 샅샅이 뒤졌지만 목걸이의 펜던트는 어디에도 없었다.

잃어버린 펜던트 때문에 갑자기 슬픔이 밀려왔다. 나도 모르게 울음이 터져서 책상에 엎드린 채 10분 넘게 흐느꼈다. 불과 한 시간 전에 목걸이에서 받은 힘을 기억하려고 애쓰면서 펜던트가 사라져 버린 줄을 뺨에 문질렀다. 혹시 누군가 봤을지 모른다는 실낱같은 희망으로, 출근하면서 들른 커피숍과 회사 안내 데스크에 전화를 걸었다. 성과는 없었다.

다음 날 아침, 바닥에서 눈을 떼지 않고 전날과 똑같은 길을 걸어서 출근했다. 나뭇잎 더미, 보도블록의 깨진 틈새, 배수로까지 다 들여다봤다. 가는 길에 이메일 주소를 여기저기 남겨 두었다. 그런데 회사에 거의 도착했을 무렵 반짝이는 무언가가 눈에 들어왔다. 둥근 모양의 물건은 햇빛과 가로등 불빛을 동시에 받아 반짝반짝 빛나고 있었다. 모든 것이 잘될 것이라는 희망과 함께 감사의 눈물이 쏟아졌다. 발걸음을 재촉해 반짝이는 물건으로 향했다.

동전이었다.

아침마다 오던
문자가 그리워짐

일상이 틀어짐

병원에 데리러
올 사람이 없음

노래의 90%가 거지 같음

힙합과 뮤지컬을
좋아하는 사람을
다시는 못 만날
듯한 두려움

내가 가장 중요해짐

친구들을 더
자주 만남

내가 원하는 게
뭔지 다시 확실해짐

내가 좋아하는
것을 즐김

창의적인 소재

다른 사랑을
기대함

– 처방전 –
상처 입은 마음을 위한...

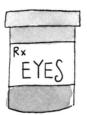

아름다운 것들을
보세요:
박물관, 영화, 꽃밭

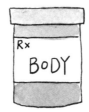

몸을 아껴 주세요:
목욕, 마사지
영양 만점 식사

무언가를 만드세요:
시, 사진, 머핀

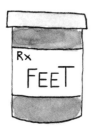

춤, 요가, 달리기
새로운 길을 걷기

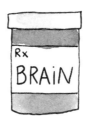

인터넷을 잠시
멈추고 좋은
책 읽기

친구와 수다
새로운 취미
설레는 일 하기

동 정

공 감

무슨 말을 하지?

뭐라고 해야 할지 모를 때

"난 상상도 못 하겠어. 너무 안타깝다."

"저녁에 라자냐를 가져갈게.
얘기하기 싫으면 문 앞에 놓고 갈 테니 먹어."

"네 생각하고 있어." (반복해서)

"아니겠지만, 혹시 모르니까
임신 테스트를 해 보자.
함께 있어 줄게."

"더 자세히 말해 봐."

"머리 예쁘게 잘랐네.
어차피 금방 다시 자라."

커피와 함께 성장한 많은 순간들

엄마가 절대
안 된다고 하겠지.

아메리카노

0 - 18세 :
아빠와 함께 커피숍에
가서 인생 이야기를 나눔.
그림을 그리거나 신문
읽는 아빠를 지켜봄.

← 설탕 4봉지로 시작해서
점차 블랙커피로 …

19세 :
이탈리아 유학 도중 커피 즐기는 법을 배움.
더블 에스프레소를 주문하면서 다 컸다고 느낌. →

도피오
한 잔
주세요!

°° 나 진짜
세련

우리는
여기까지인가 봐.

이 카페는
이제 끝! °。

21세 :
좋아했던 커피숍 테라스에서
첫 이별을 경험.

22 - 30세

 ← 카푸치노 하트는
좋은 징조.

커피숍에서 "안전한"
첫 데이트를 많이 함

28세 +
아빠 생신날
아메리카노를 마신다.

DAD

전 남자친구를 커피로 비유하면

새벽 2시
식당 커피:
싸고 + 미적지근
그래도 할 일은 한다.

헴프 라떼:
약간 특이함 + 좋은 향
집착으로 변한다.

소이 라떼:
믿을 만한 맛,
그렇지만 2008년에나
인기 있었을 타입.

아몬드 밀크 라떼:
세련됐지만
자의식 과잉.

카푸치노:
뭐든 다 받아줌.
글로벌 로맨스

카페 콘 레체:
잊고 있었지만
정확하게 내가
원하고 필요한 맛.

내가 바라는 한 가지

아빠가 돌아가셨을 때, 아빠가 어디로 갔는지 알 수 없었다.
말 그대로 아빠의 시신이 어디에 있는지 몰랐다.
아빠는 평소에 환경친화적으로 매장되고 싶다고 했다.
생분해성 관을 사용하고 매장 장소를 알려주는 GPS 좌표가 적힌
사망진단서가 발급됐다.
아빠가 매장된 곳을 정확히는 몰랐지만,
언젠가 그 GPS 정보를 따라 벌판을 헤메겠지.

아빠를 다시 불러오고 싶은 마음에 슬픔에서 날 꺼내 줄 '사랑'을 찾았다.
사실, 사랑이라기보다는 혹시 모를 '사랑의 가능성'을 찾았다.
　　한동안은 최대한 많은 사람과 데이트하면 될 것 같았다. 가까운 친
구보다 낯선 사람과 대화하는 게 더 편하기도 했다. 솔기 사이로 현실이 터
져 나오기 전, 잠깐 다른 인생의 옷을 입고 있는 느낌이랄까? 데이트 패턴은 거

의 같았다. 아이라인을 시커멓게 그리고, 푸른 스웨이드 구두를 신고, 바에 가서 두 자리
가 비어 있는 테이블을 찾는다. 누군가를 만나고 한 시간 정도 지나면 이런 말을 꺼낸다.

"미안해요, 아빠가 돌아가셨어요.. 이만 갈게요." 나 때문에 데이트 앱을 삭제한 남자
가 예닐곱은 되리라.

강박적으로 데이트를 하면서 슬픔의 여러 단계를 단
숨에 뛰어넘으려고 했다. 그러면 가슴 속 깊이 박힌 외로
움의 고통이 사라지리라 기대했다. 그렇게 한 달만 지나면
모든 것이 괜찮아질 줄 알았다. 하지만 슬픔의 단계는 순
서만 바꿔가며 뱅글뱅글 돌았다.

"이 또한 지나가리라." 아빠가 돌아가시고 많은 이들이
해 준 말이다. 기르던 강아지가 죽거나, 조부모님이 돌아가
시거나, 일자리를 잃은 경험이 있는 친구들은 시대를 초월하
는 보편적인 지혜를 갖추고 있었다. 내 슬픔도 지나갈 것이라
고 했다. 사람들은 믿고 싶어 한다. 발톱을 문지방에 부딪힐
때처럼 슬픔 역시 뚜렷한 단계를 거친다고. 그리고 그 단계가
다 지나가면 다시는 그것에 대해 말하지도, 듣고 싶지도 않을 거라고.

하지만 슬픔의 진실은 다르다. 가장 깊고 어두운 구덩이로 걸어 들어가서 오랫동안
나오지 못한다는 사실을 인정해야 한다. 친구의 슬픔을 공감해 주려면 대단한 용기가
필요하다. 암흑의 구덩이에 함께 걸어 들어갈 수 있는 용기. 내 인생에 이런 용감한 친구
가 몇 명이나 되는 것은 큰 행운이었다.

새로운 사람과의 데이트가 해결책은 아니었기에 다시 옛 연인에게 눈을 돌렸다. 감
정을 진솔하게 드러내는 이메일과 극적인 선언이 담긴 메시지로 옛 연인과의 관계를 되
살리려 했다. 둘 중 하나는 효과가 있을 테니 더는 외롭지 않겠다고 기대했다. 슬픔은 사
랑의 승리로 마무리되겠지!

"다 지나갈 거야." 디고가 그렇게 말했을 때 상처가 가장 컸다. 누구보다 그의 공감을
원했기 때문이다. 우리는 친구 사이에 가까웠다. '펜팔'도 어울리지만 '상상의 친구'가 가
장 맞는 표현이었다. 자주 만나는 사이가 아니었기 때문에 디고를 내가 원하는 존재로
만들었다. 이번에는 지독한 슬픔에서 구해 줄 친구로 만들었다.

아빠의 죽음 때문에 큰 충격을 받은 날 밤, 디고에게 전화했다. 괴물이 득실대는 어
둠의 동굴에서 필사적으로 도망치려는 나를 구해 줄 유일한 사람일 것 같았다. 끔찍한

연락처

앤디 틴더
데이브 틴더
버스에서 만난 남자
마크 틴더
마크 - 수염 기른
리카르도 - 클럽에서 만난
윌 틴더

어둠으로 들어와서 '공감'이라는 마법을 부려 내 손을 잡고 나오기를. 그렇게 함께 이스트 빌리지를 걷자고 얘기해 주기를. 아빠만큼이나 디고가 간절했다.

내가 얼마나 화가 나는지 말하며 엉엉 울었다. 실연과 상실을 동시에 경험했고, 아빠는 유골 좌표만 남기고 캘리포니아 어느 들판에 묻혀 있다고. 그래서 너무 화가 난다고 했다. 디고는 말했다. "다 지나갈 거야."

아빠가 돌아가시기 몇 주 전, 알레한드로와 함께 뉴욕에 갔다. 원래 누군가 같이 여행하는 걸 좋아하지 않았지만 그는 예외로 했다. 알레한드로는 루이 암스트롱의 '장밋빛 인생'을 들으며 함께 여행해 줘서 고맙다고 속삭였다.

벙어리장갑을 낀 손을 잡고 5번가를 걸으며 병원에 계신 아빠 생각을 떨칠 수가 없다고 털어놨다. 태국 음식이나 샘 쿡 앨범 같은 아빠가 알려 준 근사한 뉴욕 이야기가 자꾸 떠올랐기 때문이다. 그래서 우리는 어퍼웨스트사이드의 조명이 흐릿한 거실에서 샘 쿡의 'having a party'에 맞춰 춤을 췄다. 20년 전 불빛이 환한 시애틀 집 거실에서 아빠의 발등 위에서 춤추던 기억이 떠올랐다.

알레한드로를 만나기 전, 유일한 뉴욕 로맨스는 디고와 나눈 추억이었다. 웬만해서는 찾기 힘든 조그만 바에서 처음 만나서 다음 날부터 팔짱을 끼고 센트럴파크를 걸어 다녔다. 사실 뉴욕은 나에게 비현실적인 곳이라 두 사람과의 관계에 담긴 현실적인 의미를 잘 몰랐다. 디고와 함께 있을 때는 겨우 몇 번 만났을 뿐인데도 늘 알고 지낸 사람처럼 편안했다. 알레한드로와 함께 있을 때는 이 세상에 오직 우리 둘만 있는 듯했다.

환상은 오래가지 않았다. 워싱턴으로 돌아오는 기차 안에서 알레한드로와 헤어졌다. 주말 내내 휴대폰을 붙들고 메시지를 주고받던 사람이 그의 여동생이 아니라는 사실을 알았기 때문이다.

이별의 아픔과 상실의 슬픔을 구분할 수 없었다. 그냥 버려진 기분이었다. 인생에서 가장 의미 있는 두 남자가 동시에 내 곁을 떠났다.

슬픔의 단계
미치겠다
조금 덜 미치겠다

"다 지나갈 거야"라는 말과 함께 디고는 아빠 잃은 슬픔을 이겨내고자 만난 남자 중에 가장 마지막으로 날 떠났다. 연애에 대해 한마디 충고하자면, 남자들은 여자 친구의 돌아가신 아빠 역할을 맡는 데는 관심이 없다.

친구들이 조심스레 안부를 묻는 일이 정확히 언제 끝났는지 기억나지 않는다. 환각제를 먹은 사람처럼 보이지 않고도 사람을 만날 수 있게 됐을 때 자연스럽게 화제가 바뀌었을 뿐이다.

슬픔

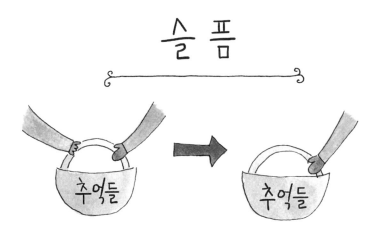

더는 악몽을 꾸지 않았고, 전보다 훨씬 많이 웃었다. 일정표에 저녁 약속을 메모했다. 콘크리트 같은 무거운 짐을 벗어 던진 기분이었다. 슬픔의 마지막 단계에 왔음을 직감했다.

슬픔의 마지막 단계는 '받아들임'이다. 참 멋진 표현이다. 마음을 활짝 열고 새로운 평화를 찾는 불교의 '참선'처럼 들린다.

하지만 받아들인다는 것은 사실, 가슴이 무너지는 깨달음이다. 아빠는 절대 돌아올 수 없다. 옛 남자친구도, 새 남자친구도, 그 누구도 아빠를 되살릴 수는 없다. '받아들임'은 위안이 아니다. 슬픔을 짊어지고 살아야 한다는 아픈 깨달음이다.

디고와의 우정이 끝난 날, 슬픔의 마지막 단계로 들어섰다. 울면서 전화를 끊고 몇 달이 지나도록 그에게서 아무 연락이 없었다. 센트럴파크에서 평생 함께 마차를 타자는 말은커녕 조문 카드 한 장 보내지 않았다. 위안이 되어 주기를 바랐지만 디고는 조용히 그 책임을 거절했다.

슬픔의 마지막 단계를 지나면서 디고에게 전화를 걸어 소식을 전했다. "이 또한 지나가지 않았어. 네 말은 틀렸어. 앞으로도 그럴 거야." 절실했던 공감을 해 주지 않는 디고에게 너무 화가 났다. 마음의 상처를 치료할 마법의 약이 되지 못한 그가 미웠다. 하지만 그보다도, 세상 어떤 남자도 그럴 수 없다는 사실에 분노를 참을 수 없었다. 전화를 끊고 아빠에게 영원한 작별 인사를 했다. 어떤 식으로든 아빠를 다시 데려올 수는 없었다. 고통은 고스란히 혼자 겪어야 했다. 그로 인해 더 강인해질지, 나약해질지는 나한테 달린 일이었다.

이별로 사라져 버린 작은 꿈들

함께 계획했던 해안도로
자동차 여행

새로 연
프랑스 식당에서
찍기로 한 사진

그 사람 부모님 댁,
새 수영장에서 수영

농장 결혼식

강아지

성격 좋은
그 사람
여동생과
친구 되기

늘 얘기했던 카페
단골손님 되기

이별 의식

오지 않을 순간을
위해 촛불을 켠다.
(내년 여름 스웨덴에
있는 그 사람 친척 집 방문)

헤어 스타일 대변신
(살짝 다듬고
변신했다고
느껴도 좋고)

그가 준 팔찌에
새로운 말을
새긴다.

눈물나게 하는
사진은 지운다.

나에게 예쁜
선물을 한다.

마음껏 늘어진다.

CHAPTER 6

좌절 금지

나의 삶

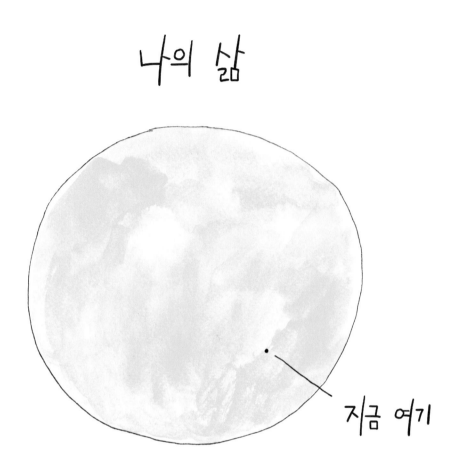

지금 여기

20대

이겨 내기

 극복의 시작은 크게 넘어졌을 때부터.

이렇게 말하거나 :

잠시 마음을 가다듬고
이렇게 말하거나 :

 휴, 다시는 안해.

 나를 더 잘 알게 됐으니 다시 해보자.

거절, 실연, 상실은 아픈 게 당연해.
그 다음은 네 선택에 달려 있어.

나에 대해 더 알기

감사한 일 찾아다니기

나만의 희망 찾기

잘 이겨내면, 스스로 깜짝 놀랄걸 ?

봄

"언제쯤 봄이 올까?"
매년 4월이면 워싱턴 사람들이 습관처럼 하는 말이다.
4월이 와도 맑은 하늘과 햇빛, 공원을 뛰어다니는 아기 토끼들은 아직이다.
이따금 따스한 날들도 있지만,
앞으로 두어 달은 대개 비가 오거나 쌀쌀하다.
여기저기 축축하게 자란 풀과 지렁이. 물 웅덩이를 질주하며 물벼락을 뿌리는 자동차.
아직 눈이 녹지 않은 워싱턴의 봄은 여전히 두꺼운 목도리가 필요하다.
툭하면 까탈을 부리면서도 가끔 우아한 숙녀의 느낌을 풍기는 십 대 소녀처럼,
워싱턴의 봄은 까다롭고 예측불허다.

봄은 겨울에 쌓인 문제를 해결해 주는 약속의 계절이다. 미국 중서부에 잠깐이라도 살아 본 사람이라면 겨울이 주는 고뇌와 절망을 안다. 그래서 그토록 봄을 기다리는 것이다. 매년 3월 21일이 되면 우리는 은근슬쩍 기대한다. 차가운 구름이 은빛 휘장처럼 걷히면서 르네상스 그림 같은 도시 풍경이 드러나기를. 약속된 날짜도 아니고, 경험한 적도 없으면서 그런 봄을 맞을 권리가 있다고 여긴다. 기약도 없이 진창을 걸어 다녀야 한다면

버러구이 옥수수
(마요네즈 바른)

해산물 토스타다
(마요네즈 곁들인)

토르타
(마요네즈 넣은)

타코
(마요네즈 뿌린)

그 짜증을 어떻게 감당하겠나.

멕시코시티에서는 꿈꾸던 봄을 맞을 줄 알았다. 축축한 진창에서 지렁이가 꿈틀대는 봄이 아니라, 르네상스 회화 풍의 봄을 기대했다. 나는 그런 봄을 보낼 자격이 충분하다고 생각했다.

물론 고무적인 순간들도 있었다. 하지만 기대했던 삶의 계시는 받지 못했다. 프리다 칼로 미술관(Casa Azul, 파란 집)에서 영적인 체험을 하고 싶었다. 프리다 칼로는 자신이 상처받은 예술가라고 믿는 모든 젊은 여성의 수호신이다. 그녀의 침대를 덮은 신성한 시트와 부엌에 놓인 성스러운 그릇들을 만지면서 파란 집을 돌아다니는 내 모습을 상상했다. 정원을 거닐다가 마음의 고통과 완성미의 관계를 곱씹으며 앉아있을 생각이었다.

멕시코시티의 복잡한 지하철 노선을 공부하듯 훑으면서 미술관을 찾아 나섰다. 지하철은 숙소가 있는 근엄한 동네를 지나 소란스러운 상업 지역을 통과한다. 이어서 꽃이 만발한 공원과 고대 멕시코 유적지 밑을 달린다. 그러다가 주유소와 쓰레기 처리장이 늘어선 고속도로를 지나면 종점이다. 그곳에 프리다 칼로의 파란 집이 있는 동네가 신성한 계시를 내리듯 나를 맞이하겠지. 오만하게도 프리다 칼로를 만나러 가는 지하 여행이 최근 나의 삶과 비슷하다고 생각했다. 지난 1년은 혼돈과 침묵, 감정의 폭발, 기억의 잔재들로 뒤틀린 상태였다. 새로운 곳에 가면 그 시간이 마침내 깨끗하게 정리될 것 같았다.

그런데 길을 잃고 말았다. 직행이었지만 불편했던 열차에서 내려 출구로 올라갔더니 자동차 판매점이 즐비했다. 길바닥에는 껌이 덕지덕지 붙어 있었다. 형형색색 아름다운 깃발은커녕 머리 위로 뒤엉킨 전깃줄이 잔뜩 늘어져 있었다. 분꽃 덩굴로 덮인 파란 집은 온데간데없고, 사람으로 바글대는 스타벅스 카페와 쇼핑몰이 하나 있었다. 프리다 칼로의 부엌에서 풍겨야 할 토르티야 냄새 대신, 아침 공기를 가득 메운 매연이 코로 훅 들어왔다. 낡은 여행책을 꺼내 들고 미술관으로 가는 지도를 다시 확인했다.

멕시코시티에서 찾아 헤맨 곳

프리다 생가

추로스 카페

현대 미술관

마르가리타 바

차풀테펙 지하철 역 (1호선)

결국 택시를 잡아타고 미로 같은 길을 10분 넘게 달린 후에야 프리다의 집 정문에 도착했다. 똬리를 튼 뱀처럼 관광객들이 집 주위로 줄을 서 있었다. 땀에 절어 당황한 채로 그 줄에 합류했다.

방을 옮길 때마다 점점 더 많은 관광객이 밀려들면서 기대했던 마법은 사라졌다. 정원의 매혹, 휠체어에 묻은 프리다의 감수성, 침대 시트에 배인 신성함 같은 마법은 없었다. 집을 오롯이 독점하고 싶은 욕심에 개방 시간에 딱 맞춰 도착하려고 했지만, 길을 헤매는 바람에 외국인 관광객이 가장 많은 늦은 오전에 왔기 때문이다.

사람들에 떠밀려 집 안으로 들어갔다가 정원으로 튕겨 나왔다. 아, 이 정원이야말로 나의 봄을 찾겠다고 벼르던 곳 아닌가. 레몬 나무 아래 빈 의자에 자리를 잡고 앉았다. 그때 떠오른 생각은 딱 두 가지였다. 길을 헤맨 것에 대한 짜증과 신발이 너무 불편하다는 것. 신발의 불편함은 급기야 삶의 불편함으로 이어졌다.

취업은 어렵고, 연애는 실패하고, 아빠를 잃은 슬픔을 겪은 터였다. 그 모든 경험이 어떤 가치가 있을까? 아무 의미가 없다면 어떻게 하지? 난 그저 어떤 시기에 불운을 겪은 평범한 사람이라면? 우주가 이끄는 행복한 결말 없이, 좋은 날과 나쁜 날이 번갈아 지속되면? 계절은 반복될 뿐, 영원한 봄이 없으면 어쩌지?

아빠가 돌아가신 후 은근히 보상을 기다리고 있었다. 데이트하거나, 이력서를 내거나, 잡지사에 글을 보낼 때마다 화려한 결말을 기대했다. 몇 번의 시험만 통과하면 날 위한 보물 창고가 열릴 줄 알았다. 작년에 거액의 돈을 우주에 맡겨 놨으니, 올해는 두둑한 배당을 받을 차례였다. 이자까지 붙여서.

한동안 프리다의 정원을 돌아다녔다. 관광객 무리는 여전히 파도처럼 밀려왔다 쓸려갔다. 길 잃은 고양이들이 꽃잎의 향기를 맡고 있었다. 춤추는 해골로 장식된 카페 유리창 너머로 한 남자가 커피를 마시고 있었다. 나는 계속 그곳에 온 의미를 찾았다. 하지만 의미를 찾고자 하는 대상이 프리다의 파란 집인지, 멕시코시티인지, 아니면 그 순간인지 분명하지 않았다

삶의 의미를 잃어버렸다는 생각이 들면 사람들은 몹시 괴로워한다. 그래서 거의 모든 종교는 개인의 존재에서 고귀한 의미를 찾는다. 무교라고 주장하는 사람들조차 사주나 별자리 운세를 믿곤 한다. 무언가에 거절당하면 '더 좋은 기회'를 위해 길을 닦는 과정이라고 스스로 위로한다. 우주의 섭리라는 게 지금껏 얼마나 많은 사람을 좌절하게 했는지 깨닫기 전까지는.

아침에 내리던 가랑비가 오후가 되면서 장대비로 바뀌었다. 폭우를 피하고자 재빨리 카페로 들어갔다. 더는 프라다의 침대 시트에서 답을 찾지 않으리라. 마음을 가다듬고 에스프레소를 즐겼다. 번잡한 집과 정원보다 그편이 훨씬 좋았다. 한 시간쯤 스케치북에 그림을 그리고 나니 마침내 태양이 비를 집어삼켰다. 방금 샤워를 마친 꽃들이 반짝반짝 빛났다. 푸른 나뭇잎들은 더 아름다워진 자태를 마음껏 뽐냈다. 다시 프리다의 집으로 가서 휠체어를 볼까 했지만, 잠깐 쉬었던 탓인지 배가 고팠다. 인생의 답은 찾지 못했지만, 타코를 먹기 위한 날인 것은 분명했다.

노트와 지갑을 챙기고 바리스타에게 가볍게 인사한 후 카페 밖으로 나왔다. 봄날 오후 같은 부드러운 바람을 타고 형형색색 깃발이 펄럭였다. 논리가 통하지 않는 도시에서 논리를 찾겠다고 애쓰다 지친 나는, 지도를 버리고 깃발을 따라갔다.

MEXiCo CiTy, MEXiCO

빈티지 드레스를
고르다 찾은
비대칭 가방

저녁 먹으려다가
발견한 디저트
플랑타르트

숙소 가는
길에 찾은
아사이 볼 맛집

성을 찾아가다
우연히 만난 숲

아사이 볼을
찾다 발견한
루프탑 바의
'마르가리타'

점심 먹으
가다 우연
본 정장 입
해골들의

멕시코
브런치
(우에보스 란체로스)
요리를 찾다가
만난 새 친구

살사 클럽을 찾아 헤메다
발견한 '바차타' 클럽

큰 교회를 찾다가
발견한 큰 깃발

전통 공연을 보러 멋진 극장에
가다 찾은 대형 추로스 가게

지하철 타러 가다
발견한 숨은 뒷골목

프리다 칼로 생가를 찾아가다 만난
크리스마스 테마 쇼핑몰

'소치밀코'의
수상 정원을 찾다 만난
수제 '토르티야' 가게

감정의 숙취

간절했던
입사 시험에서
떨어졌을 때

데이트 중인
전 남자친구를
볼 때

절친과
싸웠을 때

옛사랑과의
저녁 식사

예전에
살던 곳을
찾아갔을 때

심각한
내용의 책을
다 읽었을 때

그때 쓴맛을 보지 않았다면

입학하지 못한 대학:
'케네디'라는 남자와
결혼해서 교수가 됐거나
중년의 위기를 겪는
변호사가 됐겠지...

한때 꿈꾸다 포기한
남성 전문 스타일리스트:
승승장구해서 오바마의 코디네이터가
됐거나 박자가 틀린 냄색을 주문해서
2주 만에 잘렸겠지...

5번 만나고 날
차 버린 서퍼:
호주에서 함께 서핑하고
있거나, 그 잘난 척을
못 견뎠겠지...

나를 끝내 안 받아 준
산장 글쓰기 워크숍:
이 책을 산장에서
썼겠지. 스페인이
아니라...

응모했다가 떨어진
1,000달러 상금이 걸린
잡지 에세이 공모전:
1,000달러가 생겼겠지.

거절

거절 대상	거절 방법	그때 기분은?	처방
사랑	메시지에 답이 없다	쓰레기통에 버려진 꽃다발 신세	진짜 사랑을 만날 수 있게 날 놓아 준 그들에게 ≍조용히≍ 감사를...
일	배려 없는 통보 전화	내 실력을 잘 몰랐군	일 일 일... (그게 이기는 길이다)
우정	슬프게 서서히 멀어짐	연인과 헤어질 때랑 다를 바 없군	모든 사람이 날 좋아할 순 없지. 그래도 ≍괜찮아≍
어마어마했을 기회	지나치게 예의 차린 편지	놓쳐 버린 가능성에 애도를...	그 기회를 누리는 데 썼을 시간으로 새로운 계획을 짠다 아주 멋지게!

거절당했다고
인생이 끝나지 않는다.
엔딩 크레딧이 나오겠구나 싶었는데
영화가 아직 절반도 안 지났다는
사실을 깨닫는 것과 같다.

훌륭한 영화였어!
희망에 찬 결말이군...
잠깐, 얘기가 꼬이네. 뭐지?

그라나다

새해가 되면 언제나 '올해의 단어'를 정한다.
그러면 목표 달성에 대한 의무감과 죄책감에서 어느 정도 자유로워진다.
언젠가 그 해의 단어는 '감사'였다.
20대 후반에 성장의 기회가 연이어 찾아왔고, 난 그 기회를 놓치지 않았다.
열심히 글을 쓰고 그림을 그렸다. 마침내 찾아온 풍요로운 계절에 감사하고,
그 열매를 누군가와 나누고 싶은 해였다.

그러기에는 스페인이 제격 같았다. 구글 검색으로 '유럽 보헤미안 도시'를 검색해서 찾은 곳이 그라나다였다. 그곳에서 두어 달을 보내기로 했다. '예술가'가 된 기분을 마음껏 즐겨보고 싶었다. 자유로운 영혼의 사람들과 잡담을 나누고, 매력적인 카페나 지하 바에서 그림을 그리고 싶었다. 그림을 그리고 벽화를 배우면서 항상 꿈꾸던 사람이 되기로 했다.

워싱턴을 떠나기 전, 붉은색 원석이 석류알처럼 가득 박힌 펜던트 목걸이를 하나 샀다. 인생의 달콤한 계절이 될 여행을 위한 특별한 부적이었다. 목걸이를 살 때는 석류가

그라나다의 상징인 줄 몰랐다. 그라나다가 '석류'라는 뜻이라니! 가로등, 맨홀 뚜껑, 어디를 가나 석류 천지였다. 외국인 관광객이 겪어야 하는 사소한 불편함에 짜증이 날 때마다 '감사'라는 단어를 되새겼다. 항상 바라던 환경에서 꿈을 실현하는 중이었다. 사이프러스 나무가 줄지어 서 있고, 드문드문 오렌지 나무가 보이는 곳. 정교한 패턴으로 색칠된 타일이 거리와 건축물을 꾸미고 있는 곳. 어디서나 석류 장식을 볼 수 있는 곳. 그곳이 그라나다였다. 플라멩코를 배우러 강변을 따라 걷는 게 일과에서 가장 큰 일이었다.

'모든 아름다운 것은 끝이 있기에 아름답다. 그 사실에 감사한다.' 숙소를 찾아다니는 내내 앤서니 도어의 말이 맴돌았다. 금세 그라나다에 빠져들었고, 언젠가 떠나야 한다는 사실에 슬퍼졌다. 그곳에, 그 순간에 영원히 머물고 싶었다.

그러던 어느 날, 어느 작은 마을에 있는 호텔 로비에서 갑자기 쓰러졌다. 이상하게 다리가 무겁고, 손이 계속 따끔거렸다. 도저히 일어설 수가 없었다. 다른 여행객을 붙잡고 목소리를 쥐어짜서 병원에 보내달라고 부탁했다. 5시간 동안 5개의 검사를 받은 후, 75분간 구급차를 타고 그라나다로 돌아왔다. 내 평생 가장 외롭고 무서운 밤이었다.

저녁 무렵 팔과 다리가 마비됐다. 30명 넘게 북적대는 응급환자 대기실로 보내졌다. 당연히 와이파이는 없었다. 물을 갖다 주거나, 화장실에 데려가 주거나, 대신 얘기해 줄 사람도 없었다. 형광등 불빛 아래서 몇 시간을 울면서 눈물조차 닦을 수 없는 상태였다.

며칠 전만 해도 외국인이라는 사실은 일러스트나 재미난 이야기를 위한 훌륭한 소재거리였다. 하지만 지금은 끔찍한 외로움을 느끼게 하는 원천이었다. 엄마에게 전화할 수 있도록 도와달라고 간호사에게 부탁했지만, 어깨만 한번 으쓱하고는 가버렸다. 내 스페인어 실력은 남자랑 시시덕대거나 플라멩코를 배우기에나 충분했지, 병원에서는 턱없이 부족했다. 너무나 피곤하고 졸렸지만, 내 이름을 부르는 걸 놓칠까 봐 잘 수도 없었다. 임시 휠체어 때문에 허리가 끊어지게 아파도 자세를 바꿀 힘도 없었다. 간호사들은 내 물건을 아무렇게나 치웠다. 갑자기 잃어버린 내 일상이 너무 아쉬워 고통스러웠다.

그날 밤늦게서야 가까스로 검사를 받았는데, 알 수 없는 바이러스로 신경이 극도로 손상됐다고 했다(며칠 후 그것이 길랭-바레증후군임이 밝혀졌는데, 원인 미상의 병이라고 한다). 마비는 곧 풀릴 테지만 병원에 몇 주 입원해야 한다고 담당 신경과 전문의는 무표정한 얼굴로 말했다. '그라나다에 얼마나 있었느냐'는 질문의 답으로 '몇 주'는 한없이 짧게 느껴졌다. 그런데 '병원에 있어야 한다'는 '몇 주'는 영원처럼 길게 느껴졌다.

휠체어에 실려 일반 병실로 옮겨졌을 때, 창밖에서 여전히 빛나고 있는 그라나다를 차마 바라볼 수 없었다. 낯선 상황에서 오는 두려움은 참을 만했지만, 중간에 멈춰버린 여행은 정말이지 견디기 힘들었다.

혼란스러운 며칠을 보내고, 처량한 내 신세에 에너지를 집중했다. 간호사 두 명이 도와주지 않아도 잠자는 자세를 바꾸고 싶었다. 혼자 숟가락도 들고 립밤도 바르고 싶었다. 복잡한 치료 과정을 영어로 이해하고 싶었다. 파김치가 되지 않고 인스타그램에 몇 자 끄적이고 싶었다. 아침에 일어나서 발가락이라도 꼼지락거리고 싶었다. 무엇보다도 카푸치노 한 잔 마시기, 오렌지 나무 냄새 맡기, 갈림길에서 한쪽 길 선택하기. 이런 평범한 일상을 누리고 싶었다.

선택할 수 있다는 게 얼마나 큰 기쁨인지 비로소 깨달았다. 향수를 뿌리는 즐거움의 절반은 향수를 고르고, 어디에, 얼마나 뿌릴지 결정하는 데서 온다.

난 언제나 내 몸의 주인이었다. 내 몸을 사랑했다. 옷을 입고, 칵테일을 마시고, 추로스를 먹고, 목욕하고, 스트레칭하고, 키스하고, 향수를 고르고. 이 모든 순간을 좋아했다. 그런 내 몸이 고통과 좌절의 원천이 되어 버렸다. 때로는 너무 고통스러워서 육체와 분리되고 싶어질 정도였다.

고통은 일종의 배신이었다. 몸을 추스를 수 없는 현실은 더 큰 배신감을 안겨줬다. 쓸모없이 늘어진 팔다리, 짐승의 발톱처럼 구부러진 손가락, 산발이 된 머리, 립스틱을 바르지 않은 입술. 이게 내 몸이라고? 어느 하나도 마음에 들지 않았다. 나는 스스로 '작가', '댄서', '빨간 립스틱을 바르는 크루아상 마니아'로 생각했다. '걸을 수 있는 사람', '막 샤워를 끝낸 사람'으로 생각해 본 적은 없었다. 하지만 그런 기본적인 정체성이 몹시도 그리웠다. 나만의 스타일과 취미를 찾으려고 그렇게 애썼건만, 연필 한 자루도 쥘 수 없는 상태가 됐다.

본인 이름 한 자도 못 쓰면서 스스로 작가라고 할 수 있을까?

나 스스로 만든 정체성이 지금도 실재하는지 알 수 없었다. 그해의 단어를 '감사'로 정했는데, 여전히 유효한 단어인지 의문이었다. 나의 정체성과 계획은 나를 위한 게 아니라 내가 스스로 선택한 것일 뿐이었다. 불공평한 삶과 빼앗긴 모든 것에 저주를 퍼부었다. 그렇게 몇 주가 지나고 내 것이었던 것들을 다시 찾아오기로 마음먹었다.

세계 여러 지역에서 석류는 풍요를 상징한다. 병원에 있는 동안 '풍요'가 주요 관심사가 됐다. '여기서 인생을 다시 시작하자.' 스스로 다짐했다.

물리치료사는 이 병에 걸렸다가 회복한 사람들이 한편으로는 부럽다고 했다. 진정한 행복을 깨닫고 세상을 넓게 보는 눈이 생길 테니까. 버스를 타거나, 걸어서 약국에 가거나, 유산소 운동을 하는 것과 같은 일상은 물론, 설거지처럼 귀찮은 집안일조차 사랑하게 될 거라고 했다.

'풍요'의 의미는 넓었다. 더 큰 행복, 더 뛰어난 창의성, 더 신나는 모험처럼 인생에서 겪어야 할 게 아직 많이 남아 있었다. 내 병은 끝이 아니라 사소한 걸림돌일 뿐이었다.

물리치료사가 내 팔을 들어 올려 쭉 펴면 물속에서 춤을 추는 듯한 기분이었다. 플라멩코를 추는 인어라고 스스로 최면을 걸었다. 그러면 몇 분이나마 내가 우아하게 느껴졌다. 비록 다리는 움직이지 못했지만, 나는 여전히 댄서였다.

인생 3막

1. 씨를 뿌린다

2. 수확한다

3. 즐기고 / 나눈다

몸, 마음, 정신의 치유 과정은 직선 그래프가 아니야.

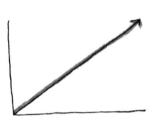 

기대는 이렇겠지만   현실은 이렇지

겉으로는 멀쩡해 보여도 속은 썩고 있을 거야.

 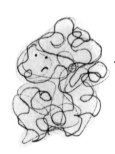

위로받고 싶어 꺼낸 말에 더 크게 외로워질 수도.

아무도 나를 이해하지 못한다고
느낄 때면 차라리 혼자 있는 게 낫다.
세상과 나를 이어줄 배는 많다.

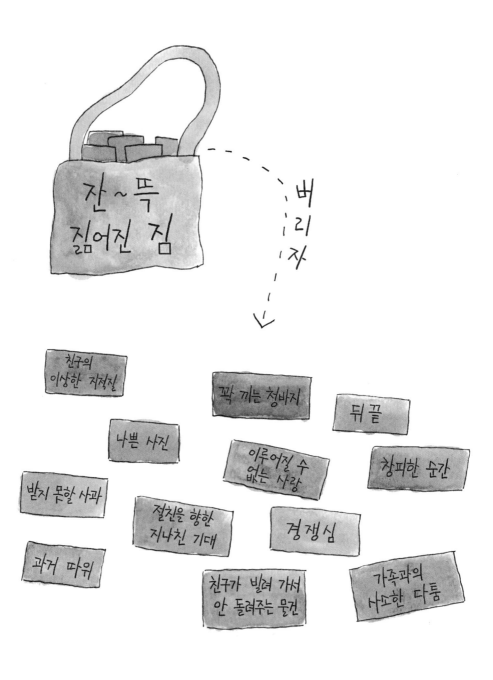

용서

내 기분이 나아지면 그걸로 됐다.

CHAPTER 7

진짜 나를 찾아서

성장

격려

상실
거절
이별
실망
실패
도전

어른이 되려면 ?

* 균형 잡힌 성격

* 균형 잡힌 식사

* 균형 잡힌 친구 관계

* 균형 잡힌 삶의 태도

위험 감수하기

위험	최상의 결과	최악의 시나리오
결혼식에 혼자 가기	신부 대기실에서 찍은 독사진을 프로필 사진으로 쓴다	홀로 춤추는 사진이 친구 SNS에 올라간다
머리를 싹뚝 자르기	누군가 날 모델로 착각한다	누군가 날 남자로 착각한다
온라인으로 룸메이트 찾기	제빵사 룸메이트	동물 박제사 룸메이트
새로운 강좌 듣기	첫 시도에 마늘을 제대로 빻는 첫 번째 사람이 된다	마늘을 빻다 주방에 불을 내는 첫 번째 사람이 된다
새 친구 사귀기	새 친구가 좋은 와인을 나눠 마시자고 한다	새 친구가 이사를 도와달라고 한다

이 정 표

어린시절, 종종 미래의 결혼식 초대장을 그렸다.
상상 속 나이는 스물여덟 살이었다. 초등학교 4학년 때부터
스물여덟은 결혼하기에 딱 좋은 나이라고 생각했다.
스물일곱 날까지도 같은 생각이었다.

스물일곱의 나는 한껏 젊음을 발산했다. 또래 친구들은 늦은 밤 집에서 혼자 영화를 보며 다크 초콜릿을 안주 삼아(나이가 들면 심장 건강에 신경을 쓰는 법) 와인을 마셨다. 나는 밤마다 나가서 놀았다. 클럽에서 번호를 주고받은 사람과 무조건 데이트했고, 쥐꼬리만 한 월급의 상당 부분을 옷과 맛집, 콘서트 티켓에 썼다. 대학 때 이미 클럽을 뗀 친구들은 나이를 거꾸로 먹냐며 놀려댔다.

틀린 말은 아니었다. 과거에 나는 집순이였다. 그런데 어느 날, 진지한 관계들이 갑자기 만사태평하던 내 생활 방식을 조여오는 듯 숨이 막혔다. 틀에 박힌 친구들의 직장 생활도 답답했다. 녹즙의 효능에 기대서 평일 밤에 나가 놀다가 다음 날 점심때가 다 되어서야 옷 가게로 출근하면서 난 운이 좋다고 생각했다. 그 생활을 마음껏 즐기느라 인생의 목표도 잠시 내려놓았다. 대신 배가 훤히 드러나는 예쁜 블라우스를 사러 다녔다.

비상계단에 놓고 키우던 화분 속 꽃처럼 햇빛을 바라보며 밝게만 살았다.

스물여덟 살 생일이 다가왔지만 미묘한 아픔만 느꼈을 뿐이다. 삶의 여러 영역에서 '참 잘했어요!' 도장을 더 받고 싶었고, 더 많은 목표를 이루고 싶었다. 힙한 그래픽 디자이너 알레한드로와 만나기 시작하면서 그 작은 아픔조차 희미해졌다. 그를 따라 경매장이나 창고 파티 같은 세련되고 시크한 행사들을 즐겼다. 새 연애는 남은 인생을 로맨틱하게 물들일 빛과 같았다. 옷 가게 직원이라는 직업은 이제 막 패션 업계 일을 시작한 경력이 되었고, 초라한 월급 통장은 청춘의 시 같았다. 공짜 구제 옷과 너덜너덜해진 콘서트 포스터들로 꽉 찬 좁은 원룸도 사랑스러워 보였다. 그렇게 새로이 깨달은 젊음을 어쭙잖은 나 자신에 대한 변명으로 삼았다. 새 남자친구는 마음에 안 드는 내 상황을 무시하는 구실이 되었다. 멋진 직업과 일관성 있는 취향으로 꾸민 장식장을 가진 알레한드로의 친구들이 가끔 부럽기는 했다. 그때는 나도 곧 그렇게 되리라고 생각했다. 그동안 남자친구 집 거실에 놓인 레트로 스타일 소파와 전시회를 즐기면 되겠구나 싶었다.

아빠가 돌아가시기 일주일 전, 알레한드로와 헤어졌다. 이별하고 일주일 후에는 건강 검진을 받으러 갔다가, 회복까지 6주 정도 걸리는 작은 수술을 받아야 한다는 말을 들었다. 회복 과정이 꽤 아플 것이라는 말과 함께. 엉성하게나마 나를 붙들어 주던 그물이 찢어지면서 지하 5미터 수렁으로 떨어진 기분이었다. 마른 땅으로 다시 올라올 힘조차 없었다.

'연꽃은 진흙 속에서 핀다.' 인생이 바닥을 쳤다는 나의 고백에 친구들이 건넨 말이다.

수술받은 날 저녁, 침대에 앉아 원룸을 쭉 둘러보았다. 앞으로 꼼짝없이 몇 주를 보내야 할 곳이었다. 너덜너덜해진 포스터들이 눈에 거슬렸다. 몇달 전에 산 미술용품 상자를 열어볼까 했지만, 도대체 앉아서 그릴 데가 없었다. 나의 집은 밤새 춤추고 돌아와 벌렁 드러누워 자기에는 완벽했지만, 새 삶을 시작할 만한 곳은 아니었다.

몇 주는 있어야 하는데 계속 축 처져 있을 수만은 없었다. 나에게 기쁨을 주는 일이 무엇일까? 그림을 그릴 때는 항상 행복했으니 더 많이 그리기로 했다. 아빠가 남긴 기타를 배우는 것도 좋을 듯했다. 요리를 배우기에도 좋은 때 같았다. 할 일을 적어 봤다.

(1) 스케치북 주문 (2) 방문 기타 선생님 찾기 (3) 요리 동영상 찾기

새로운 취미에 어울리는 환경을 만들어야겠다고 생각했다. 예전부터 늘 갖고 싶었던 2인용 소파를 큰맘 먹고 주문하자. 오만한 디자이너 남자친구에게 잘 보일 필요가 없어졌으니 맞지도 않는 미니멀리즘은 집어치우자. 포스터를 액자에 넣거나 진짜 좋아하는 펑크 아트 작품들을 사 볼까? 색색의 화분과 화려한 무늬의 그릇들을 사면 멕시코 휴양지 느낌이 나겠지? 그러면 안 될 이유가 있나?

'그러면 안 될 이유가 있나?' 이 질문이 삶의 전반에 스며들기 시작했다. 집을 더 '나답게' 꾸며야겠다고 마음먹고 나니 다른 결심도 뒤따랐다. 사소해 보였지만 내 행복에는 중대한 영향을 끼치는 결정들이었다. 의무감으로 나갔던 사교 모임들을 다 없앴다. 벌받는 것처럼 힘든 운동은 하지 않기로 했다. 일과가 끝나면 즐거운 마음으로 피부 관리를 하며 시간을 보냈다.

변화가 느껴질 때마다 행복을 향해 한 걸음씩 내디뎠다. 동시에 수렁에서 빠져나올 수 있도록 근육을 키웠다. 근육 강화에 가장 도움이 된 것은 매일 일러스트를 1개씩 그려서 인스타그램에 올리기로 한 결심이었다. 그러면 책임감이 생길 것 같았다. 한 달 동안 혼자 비밀리에 프로젝트를 진행한 후에 몇몇 친구들에게 얘기했다. 그랬더니 책임감이 더 커졌다. 혼자만의 마감을 지키기 위해 데이트를 하다가도 밤 12시가 되기 전에 집으로 달려왔다. 하루 중 가장 즐거운 순간이었다. 새로 산 2인용 소파에 앉아 펜으로 그린 선을 따라 선명하게 색을 채우는 작업은 일상인 동시에 신나는 놀이였다.

몇달간 그리기만 하다가 처음으로 노점에서 팔아 보려고 뉴욕에 갔다. 한 장을 10달러에 팔면서 너무 비싼가 싶기도 했지만, 사람들은 내 그림을 사며 칭찬해 주었다. 그림을 보며 좋은 의미에서 크게 웃는 사람도 많았다.

첫날에는 지나가는 사람들에게 쓸데없는 변명을 했다. "진짜 화가는 아닌데 재미로 그려 봤어요." 둘째 날이 끝나갈 무렵 가져간 그림 대부분을 팔았다. 아마추어라는 소심한 변명은 그만뒀다. 진정한 예술가란 무엇일까? 예술을 하면 예술가이다. 나는 분명 그 일을 하고 있었고, 내 작품을 소호(SoHo)에서 팔았다. 고객 누구도 내가 정식으로 미술 수업을 받은 적 없다는 사실을 알 필요는 없었다. 마트에서 3달러짜리 붓을 사서 어린이용 물감을 칠했다는 사실을 알 필요도 없었다. 얼마 전까지 깊은 수렁에 빠졌다가 스스로 세상에 다시 나왔다는 것을 알아서 무엇하랴? 그 과정에서 더 창조적이고 호기심 넘치는 사람으로 거듭났다는 것도 알 리가 없었다. 사람들은 단지 내 그림을 좋아했을 뿐이다. 나 역시 그림 그리는 일이 너무 좋았다.

스물아홉, 결혼 데드라인을 놓친 것을 깨닫고 웃음을 터뜨렸다. 계획이 살짝 틀어지자 의외로 자유로움을 느꼈다. 내 삶은 과거의 상상과는 전혀 달랐다. 덕분에 틀에 박힌 '어른의 덕목'은 내다 버리고 원하는 대로 행동할 수 있었다. 정말 원하는 것들로 우선순위를 매겨서 하루하루를 새로 만들어갔다. 알레한드로의 세련된 태도를 따라 할 필요도 없어졌다. 분수에 맞지 않는 타인의 삶이 부럽지 않았다. 사실 너무 행복해서 남의 인생을 신경 쓸 겨를조차 없었다.

그 해, 결혼식이 아닌 다른 초대장을 그렸다. 첫 개인전 초대장이었다. 친한 친구들은 모두 참석했고, 나는 하얀 미니드레스를 입었다. 케이크도 있었고, 사랑하는 사람들의 축하도 많이 받았다. 존재하는지도 몰랐던 새로운 이정표를 지나고 있었다.

New YORK, New YORK

내 집의 편안함을
처음 느꼈다.

처음 자루 같은
원피스를 샀다.
(펑퍼짐하게
입으니까
어른이 된
기분)

처음 ㅁ
친구를

처음
예술과 사랑에
빠졌다.

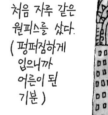

HAMILTON

처음 예술가기
되고 싶었다.

재즈 클럽에서
처음으로 영화
속 어른이
된 것 같았다.

처음 고급 레스토랑에서
데이트 / 보드카 토닉이
아닌 첫 칵테일

처음 도ㅅ
사랑에 ㅃ

처음 느낀
사랑의 감정

슬픔에서 날 까
사람은 나 뿐이
처음으로 까

내가 어른이 된 곳

처음
분 나빴던 생일

롤 모델로 삼고 싶은
성인 여자를 처음 만남

처음
에세이를 쓴 곳

처음 남자친구와
여행

APOLLO

처음으로 미미한
내 존재감을 깨달음

처음
채식주의에
도전

처음 그림을
팔았다.

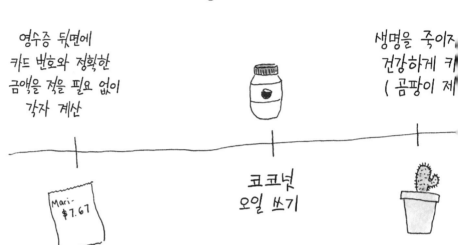

영수증 뒷면에
카드 번호와 정확한
금액을 적을 필요 없이
각자 계산

생명을 죽이지
건강하게 키
(곰팡이 제

Mari-
$7.67

코코넛
오일 쓰기

어른이 되려면

차 버린다 ⟶ 사귄다

음악 취향으로 나를
판단하는 인간

새로운 음악을
알려주는 남자

점심 메뉴를... ⟶ 이렇게 바꾼다

초코바
과자

나를 위해, 내가 만든
사랑이 담긴 음식

"직업이 뭐예요?"라고
묻는 말에
당황하지 않기

내 사진을 찍고
여신 태그를 다는
남자 찾기

직업
야심 찬
오페라 광

나랑 신발 사이즈가
같은 스타일 좋은
친구 찾기

없앤다 ⟶ 투자한다

고장 난
물건

귀찮은 집안일을
즐거운 일로
바꾸어 주는 물건

빌리지 말자 ⟶ 빌리자

룸메이트의 샴푸

내가
네 나이
때는…

지혜가 담긴
조언과 충고

멈추자 ⟶ 시작하자
'남 탓하기'   '모든 일은 스스로 해결'

어쨌든 이건
6학년 때 생물 선생님이
잘못한 게 맞아.

상담부터 받기.
그 후에 목공수업!

30살에

끌내주는
옷 한벌

예술작품
(직접 그렸거나 조카가
그린 그림이라도)

힘과 용기를 주는
노래 한 곡

난 스웨덴의
어느 언덕 꼭대기에서
왔어.

사연이 담긴
물건 하나

져야 할 것들

토스트
좋아하지?

손님 대접을 위한
필살기 요리 하나

최애 뷰티 제품

또,
양파 다졌어?

나만의 향기~

이룰 수 있는
목표

모든 것을 갖춘 능력자 친구들

모양이 이상한
선물도 완벽하게
포장하는 친구

액세서리에 대해
모르는 게 없는 친구

무슨 소식이든지
가장 먼저
아는 친구

깨진 손톱이
없는 친구

안 읽은 메일이
하나도 없는 친구

가방에 잡동사니
따위가 없는 친구

╡워너비╞ 여성상 해부

20살 때쯤

자유로워 보이는
헤어스타일

드디어, 나에게
딱 맞는
립스틱 컬러 발견

나만의 향기
'머스크 향'

가방 안에는
초콜릿 빵

자석처럼 끌리는 친절함
융통성, 유쾌함 장착

다양한 춤을
섭렵한 다리

규칙적이고 완벽한
피부 관리
냉소적인 느낌을 주지 않는
파란색 뿔테 안경

여행하며 모은 장신구

늘 편안해 보이는 분위기.

예술가 친구가
만들어 준 팔찌

모험, 글로벌 로맨스
그리고 평온한 아침에
관한 이야기들...

멕시코 시티에 있는
세련된 옷가게에서 산
화려한 스커트

걸을 때 또각또각
경쾌한 소리를 내는 구두

나만의 스타일 찾기

1

나에게는 이미 나만의 스타일이 있다는 점을 잊지 말자.

스타일에는 취향과 기능이 반반씩 영향을 미친다. 누구에게나 취향은 있다. 좋아하는 영화나 음악 그룹, 미술 작품을 떠올려 보자. 기능은 매력이 좀 떨어지는 나머지 절반을 맡는다. 일하는 곳, 시간을 보내는 방식, 사는 곳의 기후, 편안함 등의 기준에 따라 정해진다. 이 두 가지가 합쳐지는 지점이 바로 스타일이다.

2

패션과 스타일은 다르다.

패션은 따라가기 힘든 예술이다. 계절마다 유행이 변하기 때문에 여간 골치 아픈 게 아니다. 반면에 스타일은 훨씬 더 장기적인 요인에 영향을 받는다. 스타일은 패션잡지에 나오지 않는다. 종교나 정치, 문화, 기후, 신체조건, 성장환경, 직업 등이 스타일을 결정한다.

패션과 스타일의 차이를 음식으로 비교해 보자. 우리는 매일 음식을 먹고, 매일 옷을 입는다. 특별한 날에는 식사나 옷차림에 더 신경을 쓴다. '미식가'나 '패셔니스타'에게 음식과 패션은 취미일 뿐이다.

하이패션은 별 3개짜리 미슐랭 레스토랑의 요리 같은 것이다. 혁신적이면서 전문적

이다. 패션쇼 무대에 서는 드레스와 정장들은 움직이는 예술작품 같다. 음식으로 비유하자면, 살짝 삶은 메추리알에 액화질소 아이스크림을 곁들인 정교한 요리다. 하지만 핫도그 장수나 분식집 주인, 할머니의 부엌에도 장점은 많다. 특별히 혁신적이지는 않더라도 맛있고 의미가 담긴 음식을 먹을 수 있다. 패션이 아니라 스타일이 있는 음식이다. 그들만의 비법이 있고, 그로 인해 특별해진다.

　유행을 따르지 않아도 스타일 있는 사람이 될 수 있다. 일단 나만의 스타일이 뭔지 알면, 삶의 모든 영역에 그 스타일을 적용할 수 있다. 예를 들면……

3

나만의 스타일로 집을 꾸미자.

실연의 아픔, 아버지의 죽음, 수술 후유증까지 겪으면서 그 어느 때보다도 많은 시간을 집에서 보냈다. 정신을 똑바로 차리고 집을 '정말 있고 싶은 곳'으로 만들어야 했다. 많은 노력을 쏟아서 원룸을 나만의 스타일로 바꿨다. 옛날 사진들을 인화해서 걸고, 사은품으로 받은 포크와 나이프를 제대로된 은식기 세트로 교체했다. 슬픔에 빠져 있는 동안 집을 꾸미면서 혼자 힘으로 삶을 꾸릴 수 있다는 사실을 깨달았다. 모든 걸 뜻대로 할 수는 없지만, 적어도 스타일은 조율할 수 있었다.

　누군가 내 옷차림이나 집을 보고 "덕분에 뭔가 생각났는데…"라고 한다면, 나에게는 최고의 칭찬이다. 감정이나 추억을 불러일으키는 것이 있다면, 그게 무엇이든 내 마음을 사로잡는다. 그것은 아주 신비한 힘이다. 대학에 다닐 때, 길거리에서 어떤 할아버지가 날 붙잡고 하신 말씀을 결코 잊지 못하리라. "세상에, 우리 어머니랑 옷 입는 스타일이 똑같군." 내가 그분의 추억을 일깨웠다니, 큰 칭찬으로 받아들였다.

　　사람들이 내 집에 놀러 와서 언젠가 와 본 듯한 느낌을 받았으면 좋겠다. 자신의 어린 시절이나 여행의 추억을 떠올리기를 바란다. 나 역시 집에 들어왔을 때 내가 사랑하는 모든 것을 느끼고 싶다.

　　여행을 사랑하는 나는 집에서도 여행지 경험을 되살리곤 한다. 예를 들어, 자주 비상계단에 앉아 밥을 먹는다. 여행에서 가장 좋아하는 추억 대부분이 햇빛이나 가로등 불빛 아래서 즐긴 야외 식사이기 때문이다. 주방도 외국에서 보고 마음에 들었던 주방처럼 꾸미고 싶었다. 도자기 그릇과 반짝이는 커피메이커, 모양이 제각각인 유리잔, 레몬색 접시, 어떤 섬마을이나 유적지에서 사 온 값싼 장신구들. 이런 잡동사니가 구석구석을 메운 주방을 원했다. 날마다 여행할 수는 없지만, 새로운 곳에 갔을 때 마주하는 놀라움과 호기심, 즐거움을 집안으로 불러올 수는 있다.

4

좋아하는 예술품을 모아 보자.

나에게 예술이란? 난 예술을 소유한다. 예술품이 세 점 있다. 예술의 정의에 따라서는 두 점 반일 수도 있다. 예술이란 과연 뭘까?

a) 스페인 무희의 초상화: 자궁에서 나쁜 암세포를 제거하는 험난한 수술을 받고, 멍한 상태로 워싱턴을 돌아다니다가 한 잡화점에서 발견했다. 그림 속 무희는 룸메이트이자 롤 모델이 되었다. 그림을 볼 때마다, 여성은 너무나 많은 고통을 겪는데 강인하고 우아하게 그것을 이겨 내야 한다는 사실이 떠오른다. 동시에 우리는 직감과 공감 능력, 관능미를 타고 나기도 했다.

b) 호안 미로 (Joan Miró) **전시 포스터:** 1974년 파리에서 열린 호안 미로 전시 포스터를 샀다. 내가 가장 좋아하는 부분은 잘못 인쇄된 요일이다. 누군가 Samedi(토요일) 위에 테이프를 붙여 Lundi(월요일)로 바꿔야 했겠지. 1974년 당시에 이게 엄청난 실수라며 안절부절못했을 사람을 생각하면 즐겁다. 하지만 미래의 우리는 어떤가? 매일 애정을 듬뿍 담아 포스터를 바라보는 나 말고는 아무도 그 실수를 기억하지 않는다.

c) **아크릴 네온 큐브 장식:** 아크릴 네온 큐브 장식을 선반 위에 뒀다. 볼 때마다 여러 생각이 나는데 주로 오렌지색 재킷을 입고 빈둥대던 90년대 부유한 서부 해안가 사람들이 생각난다. 핫핑크색 점프수트나, 버스 손잡이같이 커다란 링 귀걸이처럼 큐브는 충격적인 스타일을 내뿜는다. 그레이스 존스, 다이애나 왕세자빈, 휘트니 휴스턴, 데이비드 보위가 보여준 강렬한 스타일과도 비슷하다. '빈티지와 보헤미안이 만나는' 동부 해안 식으로 꾸민 인테리어와 결이 다른 점이 특히 마음에 든다. 마치 바비 인형의 프린스가 '아메리칸 걸' 인형들 사이에 서 있는 것 같다. 우리 집에 꼭 필요한 '기괴한 대중문화' 담당이다.

5

정말 좋아하는 것에 돈을 쓰자.

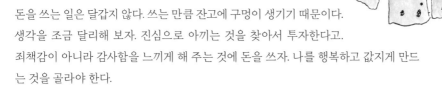

돈을 쓰는 일은 달갑지 않다. 쓰는 만큼 잔고에 구멍이 생기기 때문이다. 생각을 조금 달리해 보자. 진심으로 아끼는 것을 찾아서 투자한다고. 죄책감이 아니라 감사함을 느끼게 해 주는 것에 돈을 쓰자. 나를 행복하고 값지게 만드는 것을 골라야 한다.

음식도 마찬가지다. 채소를 챙겨 먹어야 한다는 걸 알면, 생각 없이 채소를 골라서는 안 된다. 가장 맛있고, 예쁜 색깔의 채소를 사야 한다.

겨울 코트가 필요하다면 마음에 쏙 드는 코트를 찾기 위해 최선을 다하자. 코트를 볼 때마다 흥분을 느낄 수 있어야 한다. 그것이 색깔 때문이든, 디자인 때문이든, 공단으로 된 주머니 속에 손을 넣을 때의 감촉 때문이든 상관없다. 쇼핑은 결코 지루한 일이 되어서는 안 된다. 놀랍도록 특별한 기쁨이어야 한다. 순전히 기능적인 이유로 쇼핑할 때도 있지만, 그 역시 기쁨을 준다.

지극히 개인적인 음식 피라미드

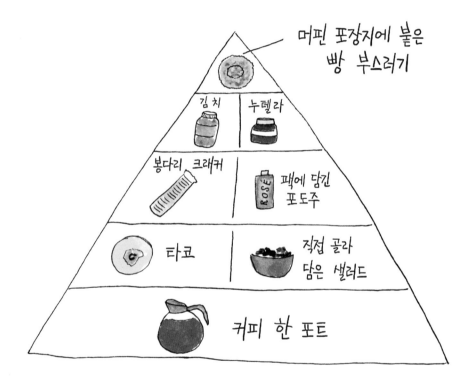

머핀 포장지에 붙은
빵 부스러기

김치   누텔라

봉다리 크래커

ROSÉ 팩에 담긴
포도주

타코

직접 골라
담은 샐러드

커피 한 포트

헬스클럽에서 드는 잡다한 생각들

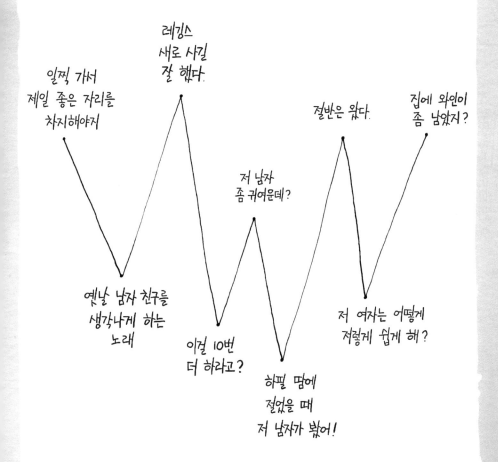

한 달 예산 샘플

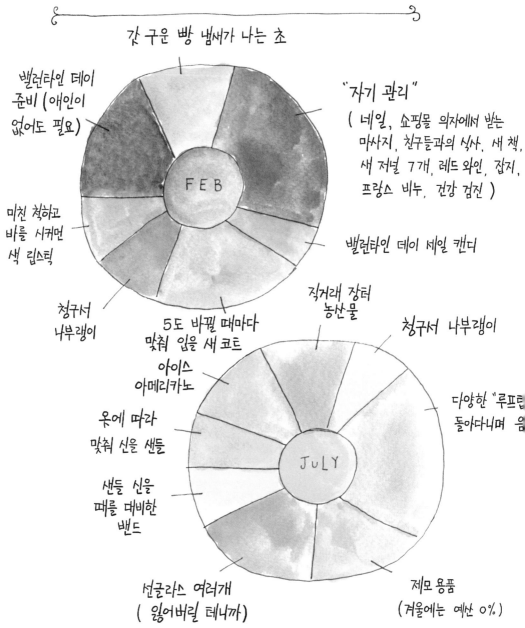

갓 구운 빵 냄새가 나는 초

밸런타인 데이
준비 (애인이
없어도 필요)

"자기 관리"
(네일, 쇼핑몰 의자에서 받는
마사지, 친구들과의 식사, 새 책,
새 저널 7개, 레드 와인, 잡지,
프랑스 비누, 건강 검진)

미친 척하고
바를 시커먼
색 립스틱

밸런타인 데이 세일 캔디

청구서
나부랭이

5도 바뀔 때마다
맞춰 입을 새 코트

직거래 장터
농산물

청구서 나부랭이

아이스
아메리카노

옷에 따라
맞춰 신을 샌들

다양한 "루프탑
돌아다니며 음

샌들 신을
때를 대비한
밴드

선글라스 여러개
(잃어버릴 테니까)

제모 용품
(겨울에는 예산 0%)

FEB

JULY

독서

요리책
실습

새로운 취미
도자기

서핑 스쿨

밴조 강습

탱고
레슨

포르투갈어
공부

필라테스

"미래의 나"
은행

정기적금처럼 매달 한 번 모아봐!

열어 놓은 인터넷 창

전 남자친구의
친구의 친구가
2013년부터 올린
프로필 사진

오늘 밤 데이트를
위한 검색

장바구니
코트#2

장바구니
코트#1

진짜
필요한 창

"비욘세 키는?" 검색

벨벳 점프수트
이베이 경매

3살짜리 살사
신동 동영상

침대 시트 접

구 직

3종 혼합 견과
버터를 넣은
스무디 레시피

이력서에
넣고 싶은 특기

* 협동심 : 데이트 복장을 고르기 위해 그룹 채팅창에서
     효율적으로 협력한다.

* 스트레스 관리 : 남의 시선에도 굴하지 않고
          립스틱을 바른다.

* 멀티 태스킹 : TV 예능과 세계정세에
          관심을 동시에 쏟는다.

* 적응력 : 주문하려던 브런치 메뉴를 친구가 주문하면
      재빨리 메뉴를 바꾼다.

* 시간 관리 : 드라이 샴푸로 1분 만에 샤워한 효과를 낸다.

* 창의적인 주체성 : 휴가 때 스카프를 해변용
             겉옷으로 만든다.

* 행사 기획력 : 26살 생일 파티 사진을 보시라!

ChaPTeR 8
자아 발견

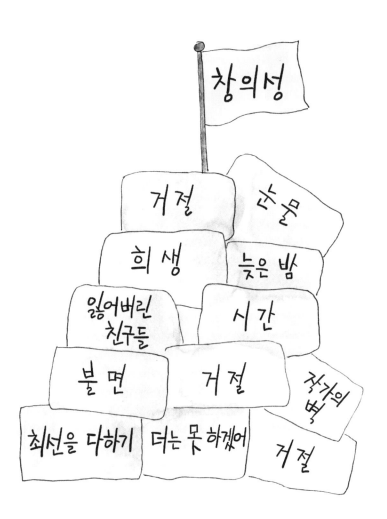

정 체 성
(남들이 생각하는)

나를 아는 사람	나를 어떻게 볼까?
직장 동료	반짝이 스타킹을 신은 여자
타로 마스터	전형적인 천칭자리
바리스타	아이스 더블 샷
데이트 앱 상대	고래 다큐멘터리 이야기를 끊임없이 하는 여자
전 남자친구	소유욕 강하고 선물 잘 사주는 여자
엄마	무한한 가능성을 가진 딸
친구들	주전부리를 달고 사는 친구

나를 만드는 것들

부모님:
생각보다 훨씬 더

버스에서 본
멋진 사람들

푹 빠졌던
TV 프로그램

"넌,
마이애미네!"

"넌, 어느 도시야?"
도시 성격테스트

좋아하는 노래를
모아 만든
첫 CD

성장하면서 바뀌는
방 포스터 속
주인공

자신을 찾아봐 = 자신을 만들어 봐

영감을 주는 것들

사랑 $\rightarrow$ 요리 강좌를 여는 부부

창의성 $\rightarrow$

옛 도자기에
담긴 예술

삶 $\rightarrow$ 틸다 스윈튼 스타일

가을 패션 $\rightarrow$ 에드워드 고리의
작품 속 인물들

경력 $\rightarrow$ 자유분방한 파마머리, 어깨 뽕.
80년대 스타일 직장 상사.

소 속 감

리우데자네이루에 도착한 후로 줄곧 같은 숙소에 묵는 남자와 키스하고 싶었다.
원래 빈민가였다가 지금은 힙스터들의 성지가 된 동네
언덕배기에 있는 100년 된 핑크빛 저택을 같이 쓰는 남자였다.
옷 여기저기에 물감을 잔뜩 묻힌 화가 부부가 집주인이었다.

사실, 리우에 도착했을 때부터 그 누구라도 붙잡고 입을 맞추고 싶었다. 브라질은 한겨울이었다. 한 해 중 가장 멋진 계절이었던 것이다. 아침에는 따뜻한 커피에 두꺼운 양말이 필요했지만, 오후에는 배꼽티를 입고 아사이베리 스무디를 먹을 정도로 따뜻했다. 날마다 부엌에서 보사노바를 들으며 과일을 먹는 것으로 아침을 시작했다. 그리고 태양이 바다로 서서히 걸어 들어가는 것을 바라보며 밤을 마무리했다. 누구나 사랑에 빠지고 싶어 하는 도시, 리우는 너무나 섹시했다. 그래서 가장 가까이 있는 사람에게 욕망을 느꼈나 보다.

숙소에서 만난 남자가 떠나는 날 아침. 나에게 택시를 타고 높은 언덕에 가 보자고 했다. 리우를 떠나기 전 마지막으로 도시를 한눈에 보고 싶다고. 뉴욕에서 온 그 남자는 항상 작은 검은색 몰스킨 노트를 펴서 뭔가를 끄적거리는 건축가였다. 열린 마음의 브라질 남자를 만나기 위해 반드시 미국에 두고 오고 싶었던 속을 알 수 없는 유형이었다. 하지만 그는 리우에서 삶의 기쁨을 찾았다. 우리는 길거리 댄스파티나 라이브 음악이 깊게

울리는 동굴 공연장, 싸고 좋은 해변의 칵테일 정보를 나눴다.

벽화로 덮인 벽과 맨션이 빽빽하게 들어찬 정글 같은 동네를 구불구불 지나갔다. 즉흥 연주와 길거리 파티로 밤거리를 깨우는 뮤지션들을 위해 값이 싼 아파트로 개조한 맨션들이었다. 택시는 우리를 가장 높은 곳에 내려 주었다. 난간도 없고, 경계선 표시도 없는 헬리콥터 착륙장이었다. 가장자리는 아슬아슬한 절벽이었다. 밑을 내려다보면 현기증이 났지만, 리우에서 그보다 멋진 전망대는 없었다. 그곳은 우리 둘만을 위한 완벽한 공간이었다.

착륙장 끝에 걸터앉아 다리를 대롱대롱 흔들었다. 발밑은 바다였다. 박물관에서 마주한 걸작에 경의를 표하듯, 서로 아무 말 없이 리우를 바라보았다.

"저 콘도르들, 정말 아름답다." 바다와 하늘, 우리를 둘러싼 언덕을 몇 분간 지긋이 바라보던 건축가가 입을 뗐다.

"저게 콘도르야? 독수리인 줄 알았어. 콘도르가 독수리랑 비슷한가?"

"콘도르는 우아한 독수리 같아." 그러고 보니 콘도르는 독수리처럼 낮게 날았지만, 불길한 느낌은 없었다. 그저 아침 산책을 하듯 산 주위를 빙빙 돌았다.

난 넋을 잃고 말했다. "콘도르는 참......"

그가 말을 맺었다. "위엄이 있지."

"콘도르는 특징이 뭐야?" 몹시 궁금했다. "정말 못나지 않았어? 그건 앨버트로스인가?"

"저 녀석들은 땅 위에서 정말 서툴러. 잘 걷지도 못하거든."

"맞아, 참 어설프지?"

"하지만 공중에서는 달라. 하늘을 지배하는 매력적인 동물이야."

발아래 펼쳐진 구아나바라만(Guanabara Bay)이 작은 사파이어들처럼 반짝였다. 건축가의 콘도르 예찬은 전혀 과장 같지 않았다. 우리를 둘러싼 화려하고도 장엄한 풍경을 해칠까 봐 조심스럽게 대화를 나눴다. 시의 구절과 비유, 추상적인 표현이 오갔다. 길고 공손한 침묵 사이에 우리 안에 숨어 있던 시인이 나왔다.

"내가 콘도르 같아." 나의 진지한 목소리가 침묵을 깼다.

땅 위에서는 제대로 힘을 발휘하지 못하지만, 위풍당당한 비행을 위한 모든 능력을 갖췄다는 생각이 마음에 들었다. 여행하는 동안에는 모든 불안함이 사라지는 듯했다. 남들보다 강한 자의식 덕분에 훌륭한 여행자가 될 수 있었다. 발음하기 힘든 내 이름도 미국 이외의 나라에서는 문제가 되지 않았다. 독립심은 나를 고립시키는 대신 훌륭한 자산이 됐다. 특이한 패션은 단점을 감춰 주고, 빠른 걸음은 확신에 찬 사람처럼 보이게 했다. 어디를 여행하든 난 '현지인' 같았다.

뉴욕 건축가의 비행기 시간이 다가왔다. 자꾸 시계를 보며 망설이는 듯 눈빛을 보내는 그에게서 갈망이 느껴졌다.

"가야 해?"

，

　그는 고개를 끄덕였다.

　잠시 서로를 쳐다보았다. 그의 시선을 피하며 이미 답을 아는 질문을 던졌다. "떠나려니까 슬퍼?"

　"너무 슬퍼, 하지만 널 만나서 기뻐." 그는 내 무릎에 손을 올렸다. 익숙한 표정이었다. 첫 데이트의 공포와 불편함을 기꺼이 감수하게 만드는 얼굴이었다. 그런 표정은 꼭 한 번만 볼 수 있다. 키스하고 나면, 사라져 버리기 때문이다.

　콘도르가 처음 비행에 도전하는 순간을 상상해 보았다. 어린 새는 참으로 서툴다. 둥지 근처를 걷다가 넘어지고, 자기 발에 걸려 넘어지기도 한다. '삶이 이런 걸까?' 어린 새는 스스로 묻겠지. 하지만 어느 날 자기도 모르게 어깨를 움직이고 날개를 펼친다. 세상의 전부인 줄 알았던 먼지 쌓인 둥지 위를 의기양양하게 미끄러지듯 날아간다.

　'아, 내가 이 순간을 위해 태어났구나. 삶이라는 게 이런 느낌이구나.' 어린 콘도르는 이렇게 생각하리라.

　이별의 아픔과 슬픔의 고통 속에서 어떻게 나아가야 할지 모른 채 불편하고 답답했다. 너무 오랫동안 둥지에 발이 묶여서 영영 벗어나지 못할까 두려웠다. 둥지 근처 어딘가에 걸려 넘어지고 비틀대는 게 익숙했다. 그게 진정한 삶은 아닐 것 같았지만, 실제 내 삶은 그랬다. 난 그냥 받아들였다.

　하지만 시간이 흐르면서 난 달라졌고 단단해졌다. 새로운 근육이 생겼고, 새로운 방식으로 세상을 마주했다. 창의력과 유연함, 용기는 더 깊게 쌓여갔다. 덕분에 사랑의 방식도 달라졌다. 내가 그 남자에게 어울릴까 걱정하지 않고, 나에게 어울리는 남자를 찾았다.

　리우의 산꼭대기에 있을 때 나는 그와 함께 있었고, 브라질 안에 있었고, 높다란 하늘 아래 있었다. 모든 것이 나와 함께였다. '아, 내가 이 순간을 위해 태어났구나.'

　비행기 시간이 한 시간 남짓 남았지만 그는 내 어깨에 팔을 두르고 그대로 앉아 있었다. 내 마음은 창공을 날았다.

Rio de JANeiRo, BRAZiL

이 모든 것들과 사랑에 빠지다

치즈 빵

플라밍고 핑크 빛깔 저택

열대성 소나기 냄새

해변에서 보이는 산

핫 핑크색 꽃

내 과자를 훔쳐가는 도시 원숭이

종이컵에 주는 길거리 아사이베리 스무디

해변의 모든 것

이파네마 부티크에서 산 드레스

할머니들도 즐기는 삼바 춤

마법 같은 산타 테레사 동네

해 질 무렵 은은하게 빛나는 바다

꿈꾸는 사랑

난 줄 게
참으로 많아!

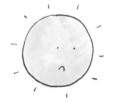 

넌 너무
밝으니까
내가 가려 줄게.

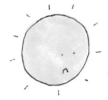 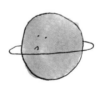

난, 네가
필요 없어.

넌, 강렬하고
아름답구나!
내게 생명을 준 너와
영원히 함께 아침을
맞이하고 싶어.

나와의 데이트

짙은 립스틱을 바르고
두번째로 비싼
와인 주문

집에서 보낼
로맨틱한 밤을 위한
레이스 슬립 구매

시즌 7까지 나온
드라마를 골라
매일 밤 시청

원하는 만큼
향수 뿌리기

얼마까지 들 수
있는지 확인

아무도 같이
먹고 싶어 하지
않는 음식 주문

HEART   MiND   GuT

어른 해부학

나의 20대는 쉼 없이 교훈을 쌓는 도전의 시기였다.
재미있는 교훈들도 많았다. 예를 들어 립스틱 바르는 법을 배웠고,
뉴욕을 훨씬 잘 알게 되었다.
베를린 지하철 시스템을 배웠고, 독일어로 질문할 수 있게 되었다.
"실례합니다. 춤추려면 어디로 가야 하죠?"
운동화 컬렉션 수준이 높아졌고, 러시아 여왕처럼 보이기 위해
정확히 내가 원하는 검붉은 색 머리로 염색할 수 있었다.

───────────────

다른 교훈들도 얻었다. 시간이 좀 더 걸려서 깨달았지만.

1

실연의 아픔과 친구가 되자.

실연의 아픔은 전에도 느꼈고, 앞으로도 느낄 것이다. 몇십 년을 살면서 어쩔 수 없이 겪
어야 할 일 중의 하나이다. 실연의 상처가 무섭다고 망설이면 안 된다. 메시지를 보내고,
먼저 고백하고, 다시 시도하고, 그래도 안 되면 깨끗하게 포기하자.

2

고민이 될 때는 앞으로 나아가자.

(나를 포함해서)사람들 대부분은 다른 사람이 위기에 처했을 때, 어떻게 해야 할지 모른다. 흔치 않은 일을 겪고 있거나 인생이 꼬인 친구에게 연락하기는 쉽지 않다. '무슨 말을 해야 할지 몰라서' 입을 다물게 되고, '무엇을 해야 할지 몰라서' 가만히 있게 된다. 그 마음을 십분 이해한다. 그래서 나도 그렇고, 우리 모두 그렇다.

힘든 시기에 누군가 불쑥 들어와서 상처받을지 모르는 위험을 감수해 준 것이 얼마나 감사한 일인지 배웠다. 어떤 파티에서 레이철이라는 여자 친구를 만났다. 첫인사와 함께 어이없는 온라인 데이트앱 이야기로 잠시 수다를 나눴다. 서로 깔깔대며 플라스틱 컵으로 포도주를 마신 게 다였다. 그런데 한 달 후, 레이철은 다른 친구에게 우리 아파트 화재 소식을 듣고 손수 만든 브라우니와 꽃을 보냈다. 온 세상을 얻은 기분이었다. 그 친구도 망설였을 것이다. 친한 사이도 아닌데 불편할지 모른다고 걱정했을 것이다. 그럼에도 불구하고 레이철은 친절을 베풀었다. 절대 잊지 못하리라. 덕분에 나도 더 대담하고 마음이 넓은 친구가 되겠다고 마음먹었다.

교훈: 친절함은 언제나 옳다.

3

자신의 한계를 알자.

요가를 하며 배운 교훈이다. 균형을 잡을 때는 넘어질 때까지 몸을 최대한 앞으로 기울이거나, 위로 쭉 뻗기도 하고, 바닥에 닿을 만큼 굽히기도 한다. 그때야 비로소 한계를 알게 된다. 넘어지지 않으면 얼마나 멀리 갈 수 있는지 깨닫지 못한다. 비틀내며 고꾸라져 본 적이 없는 사람은 자신의 한계를 추측만 할 뿐이다. 그리고 그것은 늘 생각보다 멀리 있다.

스물여덟, 나의 한계에 대해 많이 배웠다. 어느 선까지는 감당할 수 있는 일이 많은데, 몇 군데서 그 선을 찾았다. 직장과 인간관계에서, 심지어 패션에서도 나의 한계를 발견했다(패션은 페이즐리 무늬까지가 나의 한계다).

요가에서 자신을 밀어붙이는 것과 다치게 하는 것은 다르다. 몇 년 전 꼭 들어가고 싶은 직장이 있었다. 몇 달에 걸쳐 면접을 치렀고, 예민한 나에게는 그 과정이 참 힘들었다. 면접을 보면서 좋은 의미로 도전이 필요한 순간도 몇 번 있었다. 과거에는 생각도 못 했던 방식으로 나를 표현해야 했다. 하지만 내가 몰랐던 내 장점을 끌어내기보다는 불안감에 휩싸여 긴장할 때가 많았다.

그러면서 나의 한계를 깨달았다. 난 고꾸라졌고 다시 일어서서 말했다. "감사합니다만, 저랑은 안 맞네요." 내 인생 최고의 결정이었다.

4

참석하자.

친구를 위해, 나를 위해 참석하자.

치과에 가자. 예약 시간이 일요일 아침 9시인데 전날 밤늦게까지 놀았고, 차라리 브런치나 먹으러 갈까 싶고, 약속을 지켜야 하는 일에 질렸다고 해도, 가자. 가서 스케일링을 받고, 설령 감사할 기분이 아니더라도, 치료에 감사하자.

이야깃거리를 준비해서 참석하자. 우리는 중요한 순간을 위해 살아왔다. 수년간 쌓아온 경험들이 이미 나에게 묻어 있으니, 자신감 있게 얼굴을 비추자. 면접이나 데이트를 포함한 어떤 중요한 만남도 마찬가지다. 결국 자신이 그 만남에 어울리는지가 아니라, 그 만남이 나에게 어울리는지가 중요하다. 그러니 농담도 건네고, 당당하게 굴자. 원한다면 핫핑크색 옷을 입고 가도 된다. 가장 좋아하는 스포츠는 고대 로마 경기 '보체(Bocce Ball)'이고, 1980년대 시트콤 '골든 걸스(Golden Girls)'를 몰아보기 중이라는 사실을 숨기지 말자.

직장에 가자. 책임을 다하고 정직하게 행동하자. 질문하고 열심히 일하자. 자청해서 업무를 돕고, 쉽게 그만두지 말자. 하지만 일이 사랑하는 사람들을 만나는 것까지 방해해서는 안 된다.

친구와 가족을 만나자. 별로 내키지 않아도, 친구의 친구가 싫어도, 맞는 게 하나도 없는 친척이 있어도 만나자. 야근한 날도 콘서트에 가고, 아무것도 모르는 스포츠 경기라도 가자. 친구가 직장 때문에 하는 일, 사실 이해는 잘 안 되지만 긴장하는 친구를 보면 중요한 일이 확실한, 그런 일에도 참석하자. 친구의 생일에는 가급적 비싼 와인을 들고 찾아가자. 초대받으면 즉시 참석 여부를 알려 주고, 시간에 맞춰 얼굴을 비추자. 사람들은 우리가 참석했는지, 안 했는지 다 기억한다. 내 이름도 모를 것 같은 사람도 실은 내 참석 여부를 신경 쓰고 있으며, 기억한다.

5

평생 즐길 수 있는 취미를 찾자.

친구는 바뀐다. 지금 사귀는 남자친구도 마찬가지다. 하지만 '나 자신'과는 언제나 함께한다. 진짜 어른이 된 지금, 남은 평생을 함께 살고 싶은 '나 자신'이 되어야 한다.

리스본에서 어느 따스했던 저녁, 마음의 고통이 절정에 이르렀다. 외로움을 느끼며 여기저기 걸어 다녔다. 삶을 만끽하는 아름답고 자유로운 영혼을 가진 사람들이 부러웠다. 그들은 기타를 치고, 그림을 그리고, 살사 춤을 추고, 나무에 둘러앉아 코바늘뜨기를 하고 있었다. 물병을 옆에 두고 글을 쓰던 나는 그 풍경에 스며들지 못했다. 나의 현실과는 너무나 동떨어져 있는 것 같았다.

그러다 갑자기 나와 그 풍경 사이에 다리를 놓을 수도 있겠구나 싶었다. 내가 따뜻한 저녁에 공원에서 기타 치는 사람이 되면 된다. 일단 기타 레슨을 받아야 했다. 늘 꿈꾸던 모험가가 되기 위해서 시간이 허락하는 한 최대한 많은 강좌에 등록했다. 어른으로서의 내 모습을 만들어가기 시작한 것이다.

재미 삼아 수채 물감으로 그림을 그리는 사람이 되고 싶었다. 그림은 나에게 큰 위안이 되어 주었다. 하루에 하나씩 일러스트를 그리고 싸구려 물감 세트로 채색했다. 아이 돌보미를 하다가 남은 물감이었다. 예술을 함으로써 간단하게 예술가가 되었다.

마음의 고통과 거절의 상처, 상실은 커다란 선물이다. 언젠가 행복해지리라는 헛된 희망을 버리고, 지금 당장 행복해지고자 노력하는 자극이 된다. 어른이 된다는 것은 내가 원하는 사람이 되기 위해 인생 경험을 꾸준히 활용하는 과정이다.

끊임없이 경험하고, 자신에게 도전하자. 그리고 쉬지 않고 즐기자!

인생 박물관

몽고점

가족 사진

가족 같은 친구들 사진

첫 데이트 때
쓴 포크

좋아하는
책 주인공의
흉상

여행일기

그동안
썼던 안경

내 돈 주고 산
첫 액세서리

어린시절 호숫가
추억이 담긴 모형

창의력은 부엌 창문 앞에 키우는 바질과 같다.
몇 숟가락 안 되는 페스토 소스를 위해 잎을
모조리 딴 후에 "끝났네. 이제 없어"라고 생각한다.
그런데 다음 날 아침에 보면 새순이, 심지어는
전보다 더 많은 새순이 자라고 있다.

예술가 만드는 법

1. 예민하고 호기심 많으면서 자신을 표현하고 싶어 어쩔 줄 모르는 어린 괴짜를 고른다.

어라?

2. 100% 편안하지 않게 만들어서 할 수 없이 주변을 살펴보게 한다.

3. 펜을 주고 혼자 있을 시간을 준다.

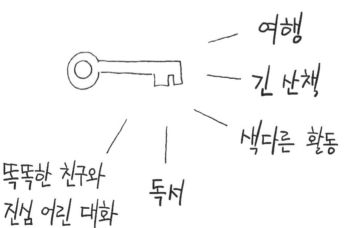

여행

긴 산책

색다른 활동

똑똑한 친구와
진심 어린 대화

독서

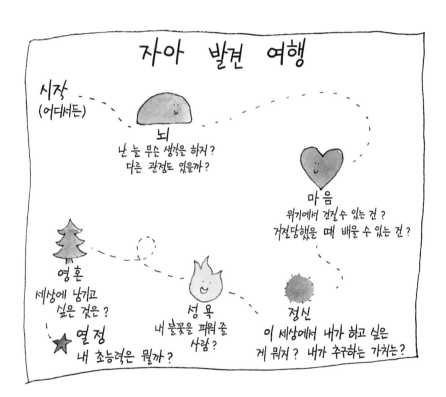

날마다 여행하는 기분으로

아파트 비상계단에서
떠오르는 해를 보며
아침 먹기

회사까지 걸어가기

재밌고 새로운
취미에 도전
(도전하는 내 사진 올리기)

광란의 화요일 밤!
(롤러 스케이트장이
안성맞춤)

새로운 립스틱
바르기
(새로운 여자가 된 느낌)

아침 일찍 ≿카페에서≾
카푸치노 마시기

어른이 되는 단계

1. 내가 가진 것을 활용하자.
   대리석용 톱으로 나무를
   자를 순 없잖아.

2. 살면서 좀 놀라면 어때.
   우선순위가 바뀐다 해도 괜찮아.

3. 하지만 마지막 결정은 스스로.
   내 결정에 끝까지 책임질
   사람은 오직 나.

4. 내가 창조한 것을 사랑하자.
   난 내 삶을 창조하는 아티스트.
   삶을 보여주고, 자부심을 느끼고,
   빛나게 다듬자.
   삶은 하나의 전시회지 경쟁이 아니다.

나이를 빨리 먹는 법 :

> 나가 놀기에
> 나이가 너무 많아.

(25 세)

젊어지는 법 :

> 나도 끼워 줄래 ?

(특히 살짝 불편함을 느낄 때)

자아 발견을 위한
보물찾기

창의성

열정

사랑

재능

자기 관리

자기 신뢰

고된 노력   홀로 있는 시간

거절   나약한 마음   인간 관계

다시 일어서는 힘

성장
(직업)

나를 =나답게= 만드는 것

- 타임라인 -

어린 시절

좋아하는 색깔

15 - 17   밴드 T셔츠

18 - 22   전공 OR
유학 생활 OR
기숙사 방에 붙인 포스터

23   프로필 사진

24   남자 친구 (밴드 멤버)

25   남자 친구 (직장인)

26   내가 솔로라는 사실

27   능숙해진 칵테일 주문

레몬 넣어서요!

28   새로운 꿈의 직장

29   꿋꿋하게 견뎌낸 모든 거절들

30   헤어 스타일

어른 해부

새로운 경험에 오픈 마인드

머리는 망쳐도
자존감은 망가지지 않음

시력에
맞는 안경
처방전

피부관리에 신경 씀

가능성에 늘 열려 있는 마음

사연 있는
장신구

포근한 스웨터 몇 벌
(봄, 가을, 겨울 3계절에 맞는)

항상 남의 집에는
마실 것을,
생일파티에는
선물을 들고 간다.

SNS에 올리면
안 되는 게 뭔지 안다.
휴대폰을 치워 놓을 때를 안다.

책을 끝까지
읽으려고 하지만
다 못 읽고 덮어도
창피하지 않다.

나한테 잘 어울리는 바지

물집 없는 발
(하이힐 신을 때를 대비해 밴드 준비)

에코백을 가지고
다닌다.

많은 곳을 다녀 본 발

여러분, 고마워요!

 핑크 리본으로 묶은 데이지 꽃다발을 :
THOMPSON LiTeRaRy AGeNCY의
⁝생기와 재치로 가득한⁝ 나의 대리인이자 친구
CiNDY UH에게...

 반짝반짝하고 배려심 넘치는 창의적인 내 친구들에게
알록달록한 야생화 다발을 :
블로그를 시작한 날부터 든든한 후원자가 되어 줘서 고마워.
SuSAN, KiM, iccA, KiKi, CaiTLiN, JuMANA, JoE
THERESA, RoDRiGo, JANie, SaRaH, TiM, JoN, LauReN, Je$

 아낌없는 응원을 보내 준 예술가/작가들에게 꽃이 활짝 핀 호
DaNa, LiaNa, DaRYa, CHAD, ADRiaNA, ADAM
JoANNA, BReNé ♡, aND QueeN Zoë.

인스타그램 친구들에게 종이 하트를...

 편집자 AMaNDa ENGLaNDeR, DanielLe DeSCHeNeS,
그리고 CLARKSoN PoTTER 출판사의 모든
마법사에게 장미꽃을 한가득

 엄마에게 꽃병에 담긴 노랑 튤립을 :
나의 사랑, 나의 행복, 나의 가족

작가 이야기

마리 앤드류는 @BYMaRiANDRew를
운영하는 일러스트레이터입니다.
고향은 시애틀이지만 지금은 뉴욕에서
립스틱 컬렉션과 함께 살고 있습니다.